オレ様御曹司の溺愛宣言

冬野まゆ

Mayu Touno

EB

エタニティ文庫

目次

オレ様御曹司の溺愛宣言

プロローグ　出会いはビール片手に

ビール片手にオフィスの廊下を歩いていた栗城瑞穂（くりきみずほ）は、窓を叩く風の音に足を止める。

窓の下へと目をやると、花を咲かせたばかりの桜の枝が大きくしなっているのが見えた。

宵闇の中、外灯の明かりに浮かぶ桜の枝があまりに激しく揺れているので、せっかくの花が飛ばされてしまうのではないかと不安になる。

どうか散りませんように。そう祈って桜を眺めていると、声をかけられた。

「あれ、先輩。まだ仕事してたんですか？」

振り向くと同じ営業部の後輩、宮下杏奈（みやしたあんな）が立っていた。

「ああ、お疲れ」

「昼に会った時、社長のお供で会食に行くって言ってませんでした？」

「その予定だったんだけど、急な来客の予定が入ったとかで中止になったの。だから溜まった事務仕事してた」

瑞穂は、手にしたビールの缶を軽く振る。

本来なら職場に相応しくない品だが、ビール製造会社であるリーフブルワリーに勤める瑞穂にとって、これは大事な商品だ。

とくに今手にしている商品には、特別な思い入れがある。

「そうなんですか。せっかく美味しいもの食べるチャンスだったのに、残念ですね」

同情する杏奈に、瑞穂は「どっちも仕事よ」と、肩をすくめてみせた。

「社長のお供で食事に行くのも、書類整理も、仕事としての価値は同じ。宮下こそ、営業に出てそのまま直帰したのかと思ってた」

瑞穂は今日、社内をあちこち動き回っていたので、同じ部署にいる杏奈とはすれ違いになっていた。行動を確認したわけではないが、昼以降に顔を見た記憶がないので、そう判断していた。

「そのつもりだったんですけど、忘れ物して。……せっかくだから、もう一件、営業に寄ってから帰ります」

「お疲れ様」

労をねぎらう瑞穂のかたわらに、杏奈が歩み寄ってきた。

そのまま瑞穂の視線の先を確かめるように、窓の外を眺める。

「外、風がすごかったですよ」

大きくしなる枝を見て杏奈が言う。肩に軽く触れるショートボブの髪を指で梳きながら「おかげでばさばさですよ」と、笑った。

「そうみたいね。だから、桜が散ってしまわないか心配で」

「桜は五分咲きを過ぎないと、花が散らないって言うから、大丈夫だと思いますよ」

三月下旬の今日、例年より少し遅めの開花宣言がされた桜はまだ三分も咲いていない。

それなら、この強風で花が飛ばされることはないだろう。

「そう。よかった」

瑞穂がホッと息を吐くと、隣の杏奈が小さく笑った。

「仕事人間の先輩でも、桜の花が散るのは悲しいですか？」

どこかからかいを含んだ杏奈の指摘に、瑞穂はキョトンとし、真面目な表情で頷いた。

「当たり前でしょ。お花見シーズンの前に桜が散ったら、ビールが売れないじゃない」

そして持っている缶の表面を愛おしげに撫でる。

ただでさえ昨今の飲酒業界で、ビールは第三のビールやアルコール度数の低い酎ハイ系に押されて人気が低迷している。

花見や歓送迎会など飲酒の機会が増える時期には、是非とも売り上げを伸ばしたい。

だからこそ、桜には頑張って少しでも長く咲いてもらわなくては困る。

できることなら、ちょうど週末に冷えたビールが恋しくなるくらい暖かくなり、そのタイミングで満開の花を咲かせてくれたらなによりだ。

それは、ビール製造会社の社員として、当然の願いではないか。

滔々（とうとう）と持論を述べる瑞穂に、杏奈が「先輩らしいです」と、クスクス笑う。そして小さく肩をすくめて付け足した。

「でも、残念です」

「残念？」

「一瞬、先輩にも桜を愛（め）でる風情（ふぜい）の心があるのかと期待しました」

ありえないとばかりに、今度は瑞穂が大袈裟（おおげさ）に肩をすくめる。

「春夏秋冬、放っておいても季節は巡（めぐ）るのよ。そんなもの愛（め）でる暇があるなら、仕事をするわ。季節は勝手に巡（めぐ）るけど、商品は私たちが頑張らないと、お客様の手元に届かないんだから」

迷いのない瑞穂の言葉に、杏奈が呆れた顔をした。

「相変わらず、仕事第一主義ですね。せっかく美人なのに勿体ない」

「どこが」

「だって色白で鼻筋が通ってるし、目もハッキリした綺麗な二重（ふたえ）で、もっとバッチリメイクしてお洒落（しゃれ）すれば、絶対にモテますよ！」

杏奈の言葉を鼻で笑いつつ、瑞穂は窓ガラスに映る自分の姿を見た。

そこには、切りそびれて長くなった前髪をヘアピンで留め、切れ長で冷たい印象を与える目元を眼鏡で誤魔化したキャリアウーマンの姿があるだけだ。

とはいえ、女子としての甘さも可愛げもない代わりに、仕事に誇りを持ち、胸を張って働く自分を瑞穂は嫌いではなかった。

杏奈の言う可愛いメイクが駄目とは思わないけど、自分には絶対に似合わない。瑞穂には今の自分がしっくりくるのだ。

他人の目を気にすることなく、自分らしく生きていけるのは幸せなことだ。

「人それぞれ、その人に合った生き方があるわ。私には、この生き方がちょうどいいの」

そう断言する瑞穂に、杏奈はもう一度「残念です」と、肩を落とした。

「でももし気が変わったら、私に相談してくださいね。女子力の上げ方を伝授しますから」

「ハイハイ、ありがと。気を付けて帰ってね」

そんな日は一生来ないだろう。そう思いつつ、杏奈を見送った瑞穂は、手にしているビールを目の高さまで待ち上げた。

薄い黄金色（こがねいろ）の缶の上下に、簡略化された鮮やかな緑色のホップと若葉の絵が描かれ、その間に二羽のうさぎがじゃれ合うように跳ねている。

働く女性のご褒美（ほうび）ビールというコンセプトのもとデザインされた図柄は、女性の頬が思わず緩（ゆる）む愛らしいデザインとなっている。さらに缶の表面にざらりとした加工をすることで、独特の手触りを生み出していた。

是非、仕事で疲れた体と心を、このビールで癒やしてほしいものだ。

ゴールデンウィークに照準を合わせ数年かけて商品化にこぎつけた品は、味や香りも、ご褒美という言葉に相応しい仕上がりとなっている。

膨大な手間暇をかけ、何人ものスタッフによって作り上げられた最高の商品。それをたくさんの人に知ってもらい、手にとってもらえるよう働きかけるのが、瑞穂たち営業部の仕事だ。

営業は大事な仕事だし、やりがいを感じているが、できればいつか作り手の側にも回ってみたいという夢もあった。

「なんてね……」

今は任された仕事をきっちり遂行することが最優先事項だ。

瑞穂は軽く宙に放った缶をしっかり受け止めて、営業部のオフィスに向かった。

しかし、オフィスに入った瞬間、その足が止まる。

――誰……？

オフィス内に、しかも瑞穂のデスクの前に見知らぬ男が立っていた。

長身で肩幅が広く、遠目にも上質なスーツを着ていることがわかる。背筋を伸ばし、左手をズボンのポケットに突っ込んだまま右手で書類を持つその後ろ姿から、なんだかひどくキザな印象を受けた。

瑞穂の所属する営業部だけでなくリーフブルワリー社内に、こんなキザな後ろ姿の人はいない。

——もしかして、産業スパイっ⁉

瑞穂の脳裏に、ぱっとその言葉が閃く。

デスクに出しておいた書類は、すでに稼働し始めているプロジェクトに関するものなので、盗まれても大きな支障はない。だが、もし本当にそうなら、ここで逃がすわけにはいかない。

他の人を呼びに行っている間に、逃げられてはことだ。

瑞穂は頭の中で、素早くそう結論づける。

咄嗟に、なにか武器になるものはないかと周囲に視線を向けて、自分の手に缶ビールが握られているのに気付く。

——大事なサンプルだけど……

産業スパイを捕らえるための、武器として役立っていただこう。

これまた素早く考えをまとめた瑞穂は、足音を忍ばせゆっくりと男の背後へと歩み寄った。

背後からそっと窺うと、男はまさに今瑞穂が手にしている新商品に関する書類を読んでいた。

——間違いない。産業スパイだ！

そう確信するけれど、さすがにいきなり殴りかかるわけにはいかない。

そこで瑞穂が缶ビールを持った右手を上げつつ「あの……」と、声をかけると、男が勢いよく振り返った。

振り向きざまに男が足の位置を変えたせいで、予想以上に相手の体が瑞穂に近付く。殴りかかるには近すぎる距離に迫った男の体から、深みのあるトワレの香りが漂(ただよ)う。慣れない上品な男の匂いに瑞穂がひるんでいると、男に右手首を捕らえられた。

「——っ！」

焦る瑞穂がバランスを崩して倒れそうになると、男はすかさず右手を瑞穂の腰に回して体を支えてくれた。その拍子(ひょうし)に、彼が手にしていた書類が床に落ち、パサリと乾いた音を立てる。

突然のことに硬直する瑞穂を気にすることなく、男は瑞穂の握る缶ビールを観察しながら口を開いた。

「威勢がいいね」

瑞穂が体勢を立て直したのを確認して、男は腰に回している手を離したが、右手は捕らえたままだ。

「……」

どうにか手を振り解こうともがく瑞穂に構うことなく、彼はいろんな角度から彼女の握りしめる缶を観察する。

「なるほど。これが新商品ってわけか」

思う存分缶を観察した彼は、視線を瑞穂に向けた。

そして意味深な笑みを浮かべて「で、君はこれが売れると思う?」と、問いかけてくる。

「売れますっ!」

気持ちより先に口が動いた。瑞穂は笑みを浮かべる男を威嚇するように睨みつける。

「離してください。警察を呼びますよ」

「ん?」

瑞穂の発言に、男性は不思議そうに眉を動かした。

「貴方が読んでいたのは、我が社の新商品販売に関する重要情報です。部外者が勝手に目を通していいものではありません」

声が震えないよう注意しながら、瑞穂は男を睨んだまま言葉を続ける。

「そもそも許可なくオフィスに入り込んでいる時点で不法侵入です。もし貴方が、違法な手段により入手したその情報をライバル企業に漏洩するようなことがあれば、営業秘密侵害として訴えます。まずは名を名乗りなさい」

この男が、努力することなくこそこそ会社の資料を漁り、卑怯な手段で利益を上げる産業スパイなら許すわけにはいかない。

毅然とした態度を見せる瑞穂の姿に、男性が納得したように頷く。

「ああ、ごめん。俺は……」

「千賀観さんっ！」

その時、彼の言葉を遮るように、瑞穂のよく知る名前を口にする声が聞こえた。

振り向くと、瑞穂の伯父であり、このリーフブルワリーの社長である栗城平助が、青ざめた表情で駆け寄ってくる。

――千賀観？

「千賀観」とは、このリーフブルワリーの親会社であるセンガホールディングスの社長の苗字ではないか。

だが瑞穂の知る千賀観社長は、還暦どころか古希も過ぎていそうな老紳士だ。

社内報などで見かけたことのある千賀観社長の顔を思い出しながら、改めて自分の手首を握る男の顔を見つめた。

形よく整えられている眉に、意思の強さを感じる。その下の二重の目は、どこか野性的な荒々しさと力強さがあった。

少し薄い唇と、鼻筋の通った高い鼻も、彼の容姿の良さを引き立てている。

モデル並みに端整な顔立ちをしていながら、ひどく挑戦的な印象を受けた。

「瑞穂、千賀観さんに失礼だぞ。早く手を離さないかっ！」

ぽかんとして男の顔を見上げていると、駆け寄ってきた平助に強く叱責される。

手を掴んでいるのは、彼の方なのに。

「伯父さん……」

普段は公私の区別をハッキリさせている瑞穂だが、戸惑いからつい慣れ親しんだ呼び方をしてしまう。そんな瑞穂に、「伯父さん？」と、呟いた男が掴んでいた手を離した。

「失礼」

口角を上げて瑞穂に謝罪した男は、蒼白な顔をする平助に顔を向ける。

「少しオフィスを見学していたら、彼女が新商品のサンプルを見せてくれたんです」

「そう、でしたか……」

なんだかこの状況と彼の説明が微妙に違うが、平助はホッとした顔を見せた。

「ご連絡をいただき、お待ちしておりました。もっと早く教えていただければ、娘の梨香も一緒にご挨拶をさせていただきましたのに」

梨香とは、瑞穂と同い年の従姉で、同じくこのリーフブルワリーで働いている。ただし見た目も性格も、仕事一筋の瑞穂とは真逆のタイプだ。

「申し訳ない。急に時間が空いたもので。下見を兼ねて、栗城社長にご挨拶をしたいと思いまして」

なるほど。今日の会食予定が急に変更になったのは、彼を待つためだったのか。

そう納得していた瑞穂に、千賀観と呼ばれた男が視線を向け右手を差し出してくる。

「改めて。千賀観慶斗と言います」

「千賀観さん……」

つい苗字に反応してしまう瑞穂に、平助が「千賀観社長のお孫さんだ」と、耳打ちしてきた。

――社長の孫……

だとしたら、平助の過剰反応も理解できる。でも、それならそれで、どうして千賀観社長の孫がここにいるのかがわからない。

センガホールディングスといえば、飲料事業を中心にサプリメントや食品の製造販売をする大企業だ。さらに現在では、保険代理、不動産業、商業施設の運営など多角経営を行っている。リーフブルワリーは、センガホールディングスの飲料事業を担う子会社の一つだ。

社長を務める平助には悪いが、リーフブルワリーはセンガホールディングスの末端企業。創業者一族の子息が、わざわざ挨拶のために訪問する理由が思いつかない。

納得がいかないまま瑞穂が差し出された手を握ると、これからよろしくと微笑まれた。

「はい？」

「まだ内々の話だが、千賀観さんは四月から我が社に出向することになっているんだ」

怪訝な顔をする瑞穂に、平助が説明する。

「出向……ですか？」

「社長の判断です。系列会社に出向き社会を学ぶようにと。世間知らずの若輩者ですが、お役に立てるよう努力します」

にこやかに話す慶斗の瞳に、強い野心を感じる。

――学びにくるっていうより、社長の伯父さんに取って代わりそうだ。

慶斗の真意を探るようにじっと見つめていると、平助がとんでもないと首を横に振る。

「なにを仰いますか。千賀観さんの手腕を見込んだ社長が直々に、近年売り上げが低迷している我が社の業績立て直しを任されたのではありませんか。千賀観さんが次期社長候補と噂されているのは、皆が承知していることです」

平助の言葉を否定せず、慶斗は目を伏せる。

その姿に、伯父の言葉がただの社交辞令ではないと理解した。

――なるほど……

社長直々の命により、リーフブルワリーの業績立て直しのため本社から出向してくる慶斗。

しかも社長の孫で次期社長と噂のある王子様とくれば、伯父が自身の予定を変えてまで丁重に扱うのも納得がいく。

平助は何度も頭を下げながら早口に瑞穂が自分の姪であり、営業部で仕事をしていることを説明した。

――だからって……伯父さん、腰が低すぎる。

平助に気付かれないよう小さく息を漏らすと、慶斗と目が合ってしまった。

すると彼は真面目な顔をして、瑞穂に問いかけてくる。

「ところで、さっきの話の続きだけど、君はそのビールが売れると思う？」

慶斗が試すような視線を瑞穂の持つ缶ビールに向けてきた。

新商品が端から売れないと決めつけているみたいな視線にムッとする。

「売れます。私たち営業が、必ず売ってみせます」

「凛々しいね」

断言する瑞穂に慶斗が微笑み、視線を平助へと移す。

「いい社員をお持ちだ。自社の商品に自信を持ち、強気で勝負に出られる営業は、会社の財産ですよ」

「ええ。この栗城は、仕事熱心で、若いながらも弊社の売り上げ向上に貢献しており……」

慶斗の機嫌を損ねたくないのか、平助は素早く彼の意見に賛同し瑞穂を褒める。

ご機嫌取りに徹する社長の下に出向してきたところで、彼に一体なにが学べるというのだろうか。

そんなことを思いつつ慶斗を見ると、彼も同じタイミングで瑞穂を見てきた。視線が合った慶斗が、茶目っ気のある表情を見せて言う。

「頼りになる、武闘派の営業ですね」

「ん？　武闘派？」

不思議そうに首をかしげる平助の横で、瑞穂が顔をしかめる。

いざという時は缶で殴ろうとしていたことに、気付かれていたらしい。

でも彼の正体を知らなかったあの状況では、警戒しても仕方ないと思う。

「貴方が何者かは承知しました。しかし、いくら訪問の約束があったとはいえ、まだ弊社の社員でない以上、勝手に社内を散策し、許可なく人のデスクにある資料を読むのはいかがなものかと思います」

殴らなくてよかったとは思うが、そもそも彼が一人で勝手に社内を散策したりせず、平助の案内を受けていれば誤解は生じなかったのだ。

それなのに、からかいまじりに「武闘派の営業」と呼ばれることには、納得がいかない。

相手の正体を知ってなお、毅然（きぜん）とした態度を取る瑞穂の隣で平助がみるみる青ざめる。

「瑞穂っ、……しっ、失礼だろう……っ」

平助は青い顔で口をパクパクさせていた。

対する慶斗は一瞬目を丸くした後、すぐに真面目な表情をして瑞穂を見る。

「なるほど。失礼した。……君の営業成績は、きっとその真摯な態度に信頼が寄せられているからだろうね」

「……」

怒られるかと思ったのに、あっさり謝られると拍子抜けしてしまう。

その思いのまま彼の表情を窺うと、これで満足かいと問うように微笑みかけられた。

――なんか偉そう……

彼が身に纏う雰囲気のせいか、謝罪の言葉を口にされてもどこか高圧的なものを感じてしまう。でも謝られた以上、瑞穂が彼に言うことはもうない。

そんな瑞穂の心を読み取ったみたいに、再び慶斗が右手を差し出してくる。

「では、改めて四月からよろしく」

瑞穂はこちらに差し出された、指の長い大きな手を握り返す。

「こちらこそよろしくお願いいたします」

瑞穂がそう挨拶をすると、慶斗がニヤリと強気な表情を見せた。

――王子様って言うより、冒険家みたい……

彼の眼差しは強く、一切の迷いがなかった。

この王子様は、世間知らずのお坊ちゃんという甘やかされた存在ではないだろう。

——まあ、仕事ができるなら、なんでもいいけど。

彼がセンガホールディングスの創業者一族かどうかなんて関係ない。

仕事のできる人が来てくれるのであれば、出向だろうと新人だろうと大歓迎だ。

そんなことを考えながら、瑞穂は彼の手を離した。

1　一目惚れから始まる関係

五月、ゴールデンウィークも明けた金曜日の午後。外回りを終えた瑞穂がリーフブルワリー本社のある総合オフィスビルに入ろうとした時、鞄の中でスマホが鳴った。

見ると、商品開発部主任である峯崎保からのメールだ。

働く女子のご褒美ビールをコンセプトにした新商品売り出しのため、少し前まで彼とはマメに連絡を取り合っていたが、発売日を過ぎて半月ほど経ってからのメールに、何事かとメールを開く。内容は、新商品の滑り出しが好調であることへのお礼だった。

普段は職人気質で寡黙な彼のお褒めの言葉に、つい頬が緩んでしまう。

今回の新作ビール発売に向けて、瑞穂はかなり早い段階から営業の領域を超えて関わらせてもらっていた。以前から峯崎と面識があったこともあり、働く女子の一人として意見を求められたからだ。

お互いの意見を出し合い、なにもないところから一つの商品を形にしていくという作業は、大変だったけれど学ぶことも多く楽しかった。

そんなことを思い出しつつメールを読み進めていくと、瑞穂の意見が随分参考になったから商品開発部に異動させてほしいと社長に打診したが断られた、という言葉で締めくくられていた。

もちろんお世辞なのだろうけど、職人気質で仕事に厳しい峯崎に、ここまで言われるのは悪い気はしない。

――また、あんな仕事ができたらいいな……

峯崎は、瑞穂たち営業部が売り込みに尽力してくれたおかげでビールが売れたと、メールに書いてきた。でも瑞穂からしてみれば、美味（おい）しいと自信を持って売り込める商品を託してもらえたことを感謝している。

スマホ片手に頬を緩（ゆる）めていると、聞き慣れた声が聞こえてきた。顔を上げると、杏奈がオフィスビルから出てくるのが見える。

「お疲れ。今から外回り？」

スマホを鞄（かばん）にしまい、瑞穂が軽く手を挙げた。

「先輩、おかえりなさい」

駆け寄ってくる杏奈の笑顔が、心なしかいつもより輝いて見える。

それを証明するように、杏奈が弾んだ声で言う。

「聞いてくださいよ！　さっき、廊下で王子様とすれ違ったんです」

「ああ……」

その一言で、全てが理解できた。

四月に本社から出向してきた千賀観慶斗は、長身で端整なルックスと、センガホールディングス社長の孫で次期社長候補という肩書きから、女子社員の間では密かに「王子様」と、呼ばれている。

瑞穂ですら初対面の際、咄嗟に「王子様」という言葉が思い浮かんだくらいだ。

「近くにいくと、すごくいい匂いがするんです」

嬉々とした表情で話す杏奈だが、すぐにむくれた表情をして不満を零す。

「でもいつも梨香さんが隣にいて、王子様に話しかけるチャンスもないんですよ。自分の娘を千賀観さんのサポート役に付けて、それ以外の社員は男性ばかりって、社長の魂胆見え見えです。千賀観さんが梨香さんを気に入るように仕向けて、自分の娘を玉の輿に……って思ってるんですよ」

「まさか。社長には、社長なりの考えがあるんじゃない」

杏奈の意見に、つい頬が引き攣る。

社員の前で平助がその思惑を口にすることはさすがにないが、身内の瑞穂にははっきりとそれを口にしていた。

平助としては、娘の梨香がセンガホールディングス創業者一族と姻戚関係になることで、自身の生活も、リーフブルワリーの経営も安泰になると考えているらしい。

「ズルイなぁ……私だってそこそこ可愛いし、仕事だって梨香さんよりできるから、王子様と一緒に仕事すれば、チャンスがあると思うんですよ」

唇を尖らせて愚痴る杏奈は、確かに女性としての愛らしさがある。

恋愛に興味のない瑞穂としては、誰が王子様こと慶斗のサポート役に就こうがどうでもいいが、お伽噺のような恋愛に憧れている杏奈には重要な問題らしい。

――みんな、会社になにしに来てるのよ……。

「とりあえず業務中は、仕事を頑張りなさい。そうしたら仕事の神様が、ご褒美に宮下のためだけの王子様に巡り会わせてくれるわよ」

冗談まじりにそう励ますと、彼女は大袈裟に目を見開く。

「それは間違いなく嘘ですね」

「……？」

瑞穂の意見を即座に全否定した杏奈は、からかいの表情を浮かべて言う。

「だって、仕事を頑張っていれば素敵な王子様に出会えるなら、先輩はとっくに最上級の王子様と出会っているはずです」

「……なるほど」

自他共に認めるワーカホリックの瑞穂が、恋愛の「れ」の字もなく、二十八歳の今日まで来ているのだから、彼女の説に信憑性があるわけがない。

「まあ、王子様と出会えなくても、いい仕事をすると気分がいいわよ」

仕方なく、そう言い換えた。

「どうせなら、そのついでに素敵な王子様と出会って、素敵な恋愛もしたいです」

「残念ながら、世の中そんなに都合よくできていないわよ」

瑞穂が指をひらひらさせると、杏奈が口をへの字に歪める。しかしすぐに表情を改め、

「じゃあ、営業行ってきます」と、出かけて行った。

その背中を見送った瑞穂がふと視線を上げると、歩道に植えられている桜が青々とした若葉を茂らせている。

千雅観慶斗と初めて会った時、まだ咲き始めだった桜は、いつの間にか葉桜になっている。

木漏れ日に目を細めた瑞穂は、そのままビルに入った。

リーフブルワリーは、十六階建てのオフィスビルの十階と十一階フロアを借り切っている。

営業部のある十階でエレベーターを降り廊下を歩いていると、従姉の梨香が休憩室から顔を覗かせた。

瑞穂と同い年だが、緩いパーマをかけた髪を片側に流し、服装もメイクも全体的に甘い色使いを好む梨香は、スーツ姿の瑞穂よりずっと若く見える。

「瑞穂っ、ちょっと」

「……？」

休憩室のドアの隙間から顔だけ覗かせ、梨香が忙しなく手招きをしてくる。

何事かと思いつつ近付くと、手首を掴まれ休憩室に引きずり込まれてしまった。

梨香はドアを閉めるなり、声を潜めて言う。

「レイクタウンの再開発って、どんな感じ？」

「はい？」

あまりに抽象的な問いかけのため、梨香がなにを言いたいのかわからない。

キョトンとする瑞穂に、梨香が唇を尖らせる。

「もう意地悪しないで教えてよ。レイクタウンの再開発ってどうなの？」

「どうなのって……」

梨香の言うレイクタウンとは、センガホールディングスが管理運営する都内にある複合型商業施設で、現在、周辺の再開発事業に合わせて建て替え工事をしている場所だ。

レイクタウン内にリーフブルワリーの商品を扱うバーを開店する予定になっており、千賀観慶斗はその陣頭指揮を取るという名目で出向してきている。

「レイクタウンの狙いってなに？」

焦れたように梨香が聞いてくる。

「狙いって、周辺地域の再開発に伴う世代の変化に合わせたニーズ変換じゃないの？」

瑞穂の言葉に、梨香が難しい顔をする。

「そうじゃなくて、どんな料理を出したらいいの？　静岡じゃダメ？」

「はい？」

話が飛びすぎている。

詳しい説明を求める瑞穂に、梨香が言う。

「ウチ、本社は東京だけど、工場は静岡にあるじゃない。だからリーフブルワリーのバーを造るなら、静岡地産の食べ物をメニューに入れたらどうかって提案したの。そうしたら、千賀観さんに『そもそものコンセプトが違う』って言われたのよ。今、地方のアンテナショップとか人気あるからいいと思ったのに」

「ああ……」

　慶斗が言った「コンセプト」とは、レイクタウンのコンセプトではなく、リーフブルワリーのコンセプトに関してだろう。

　――社長の娘がこれでいいのか……

　どうしたものかと思いつつ、瑞穂が説明をする。

「梨香、今さらだけど、ウチは工場が静岡にあるけど、静岡のご当地ビールを造っているわけではないの。千賀観さんが言っているのは、そういうことだと思うよ」

　一九九四年の規制緩和によって、ビール醸造免許取得に必要な年間最低製造量が大幅に下がった。その結果、小規模事業者を中心に数多くのクラフトビールメーカーが生まれた。

　そんな中、リーフブルワリーは「職人が製法にこだわり抜いた国産ビール」をコンセプトに立ち上げられた会社だ。

　静岡に工場が建てられたのは、ビール造りにおける環境や様々な条件を考えた結果にすぎない。

　しかし、瑞穂の説明に梨香はまだ納得のいっていない顔をした。

「でも静岡で造ってるんでしょ」

　自分の意見を否定されたのが悔しいのか、梨香が唇を尖らせる。

「この場合、商品の製造場所ではなく、店に置くビールに合った料理を提案するべきなんじゃない？　そのためには、集客が見込める年齢層や性別を考慮して……」

「例えば？」

　スマホを取り出し、瑞穂の意見をそのままメモしようとする梨香を、「自分で考えなさい」と、窘める。

「え〜え、ケチ。また的外れなこと言ったら恥ずかしいから、答え教えてよ。週明けにはまたミーティングがあるの。それまでに千賀観さんに頼まれた資料作りもあるし、忙しくて考える暇なんてないんだから」

　可愛く頬を膨らませ抗議する梨香だが、自分で探した資料でアイディアをまとめなくては本人の成長に繋がらない。なので瑞穂は、これ以上のアドバイスをする気はない。

「とりあえず、私が今言ったことを参考に、自分の意見をまとめてみて。それから他の人と意見を出し合っていけば、相乗効果でいいプランがまとまると思うよ」

　自分と違う視点を持った人の意見は、とても参考になる。梨香が自分の視点でまとめたアイディアは、たとえ的外れでも参考になるものはあるはずだ。

　そう励ます瑞穂に、梨香が盛大に抗議する。

「私が一番いい意見を出さないと、目立てないじゃない！」

「別に目立つ必要はないでしょ……」

　大事なのは、チームが一丸となってプロジェクトを成功させることだ。

そう諭すと、梨香は「全然わかってないわ」と、首を横に振る。

「大事なのは、千賀観さんに仕事ができる子だって思ってもらうことよ。そうすれば、そのご褒美に食事に誘ってもらったりして、個人的なお付き合いに発展させやすいじゃない」

一瞬、なにやら空想にふけった梨香がガッツポーズを作る。

子供の頃から「王子様のような、カッコいいお金持ちと結婚する」と宣言し、恋人ができる度に夢物語のような未来予想図を熱く語ってきた梨香のことだ。この一瞬の間に、慶斗との結婚に至る壮大なラブストーリーでも想像していたに違いない。

同世代にも既婚者がちらほら増え始めたこの頃、彼女のシンデレラストーリーという名の妄想に拍車がかかっている気がする。

――その意欲を仕事に生かせばいいのに……

その方がここで瑞穂を待ち伏せして意見を聞くより、よっぽど慶斗に認めてもらえる確率が上がると思うのだが。

「とりあえず、仕事頑張ってね」

瑞穂は、まだなにか話そうとしていた梨香を残して休憩室を出た。

オフィスに戻ると、立ったままの姿勢で男性社員と話し込む慶斗の姿が見えた。

彼は左手に持った資料に視線を落とし、右手の拳を唇に添えてなにかを考え込んでいる。年は三十六歳と聞いているが、実に仕事のできる男然としていて、つい視線がいってしまう。

――住む世界が違うって感じ……

自分と慶斗では、同じ空間にいても存在している世界が違うような気がしてくる。もっとも部署が違うので、基本的に関わることはないし、わざわざ関わりたいとも思わない。だが、他の社員は違うようだ。

見渡せば女性社員だけでなく、男性社員の中にも、チラチラと慶斗の様子を窺う姿が見られる。

これが、創業者一族が持つカリスマ性というやつなのだろうか。

それとも人間の目というものは、自然と美しいものを求めるようにできているのか。千賀観慶斗に磁力でもあるのかと思うほど、周囲の視線が彼へと集まっていく。

――王子様は、男にも女にもモテモテね。

最初こそ創業家のお坊ちゃんを値踏みするみたいな態度で出迎えた男性社員たちも、この一ヶ月ちょっとの間に、すっかり彼に一目置くようになっていた。

瑞穂には、自分の外見の麗しさを重々承知した上で、大いに活用している計算高いイケメンにしか見えないのだが。

初対面の日、学ばせていただきますと謙虚な台詞を口にしていた彼だが、一目見た時から、世間知らずのお坊ちゃんという甘えた存在ではないと思っていた。

瑞穂のその直感は当たっていたらしい。

書類片手に話し合っていた慶斗が、スタッフを引き連れオフィスを出ていく。その姿を見送りつつ自分のデスクに向かうと、その姿に気付いた営業部長が手を挙げる。

「栗城君っ」

営業部長が受話器片手に瑞穂の名前を呼ぶ。

その表情が深刻で、デスクまでのほんの数歩の足取りを速めた。

「アメリカに出向いているスタッフから、会場に荷物が届いていないって連絡が入った。出荷の履歴を追えるか？」

部長の一言で、一気に血の気が引く。

アメリカのスタッフとは、リーフブルワリーの新たな市場を開拓すべく、海外の展示会を順に回っている社員のことだ。

「電話代わります」

瑞穂の言葉に、部長が素早く受話器を差し出してきた。

それを左手で受け取り、右手を伸ばして近くの自分のデスクのファイルを取る。

「お電話代わりました。栗城です」

そう話しながら、瑞穂は展示会の開催地の住所を確認する。

スタッフが伝えてくる会場の所在地と、出荷表の住所に違いはない。だとしたら荷物がどこかに紛（まぎ）れてしまったのだろう。

展示会は明日だ。カレンダーに視線を向けつつ、アメリカとの時差を計算する。

「まだ時間があるから大丈夫よ。すぐに確認して対応策を考えるから、とりあえず設営の準備を進めていて。大丈夫、必ず間に合わせるから」

その一言で、電話の向こうのスタッフがホッと安堵するのを感じた。

――言ったからには実行するしかない。

受話器を部長に返した瑞穂は、すぐに自分のスマホを取り出し、輸出を任せた運送会社に電話をかけた。そして事情を説明し、折り返しの電話を待つ間に、最悪荷物が見つからなかった場合の対応策を考える。

数こそ少量だが、アメリカに住む日本人オーナーの店にリーフブルワリーの商品を輸出販売していた。そこに電話をかけ、商品を回してもらえないか交渉してみよう。

送った商品の中には、発売されたばかりの新商品も含まれていた。それを展示会で紹介できないのは痛いが、商品棚を空にしておくよりよっぽどいい。

――なるべくなら、送った商品が見つかって欲しいけど。

早く運送会社からの連絡が来ますように。そう祈りつつパソコンを開き、今回の展示会場になるべく近い販売先を検索する。

目星を付けた店舗に電話をかけて事情を説明し、いざという時に商品を譲ってもらう確約を取った。展示会場までの距離と輸送ルートを確認して、輸送に要する時間を計算する。そこから、運送業者の回答を待てる時間を逆算し、決断のタイミングを決めた。

「よし……」

今の段階で、できることはここまでだ。

瑞穂が手早く段取りを部長に報告すると、判断を一任された。

それに承諾した後、ただ折り返しの電話を待つだけでは時間の無駄と判断し、瑞穂は通常業務に戻る。

「冷静だな」

パソコンにデータを入力していると、頭上から声が降ってきた。

顔を上げると、一連の流れを見ていた同僚の市ケ谷徹（いちがやとおる）が立っていた。自分を見下ろす彼の視線に、どこか苛立ちを感じる。

営業成績が瑞穂に劣ることを気にしている彼は、普段瑞穂との関わりを極力避けている。だからこうして、彼の方から話しかけてくるのは珍しいことだった。

「……？」

「もっと、焦るかと思った」

そう言われて、瑞穂が肩をすくめる。

「焦ったところで商品が出てこなければ、そんなの時間と精神を無駄に消費するだけじゃない」

「……お前らしいよ」

市ヶ谷が瑞穂の動作を真似るように、肩をすくめて言う。

「いつも冷静で、判断も迅速。問題が起きた時のリスクヘッジも欠かさない。だから、愛想が悪くても、営業成績がいいんだろうな。……社長も部長も、お前のこと頼りにしてるみたいだし」

褒められているというより、皮肉に感じる。

それでも一応「どうも」と、頭を下げておく。

そんな瑞穂の態度に、市ヶ谷が口の端を意地悪く歪めた。

「女としての可愛げはないから、長い目で見れば損だけどな」

精一杯頭を捻って、絞り出した嫌味がそれか。

そんな面白くもない嫌味を絞り出す時間があるなら、仕事をすればいいのに。

「今損してないなら、問題ないでしょ」

そう言い返し、再びパソコンに視線を向ける。

まだなにか言い足りないのか、しばらくかたわらに立っていた市ヶ谷に構わず、黙々と作業を続ける。そんな瑞穂に彼は「従姉と大違いだな」と吐き捨て、自分のデスクに引き返していった。

――もはや言われすぎて、挨拶ぐらいにしか感じないんだけどね。

仕事は効率的で確実だけど愛想のない瑞穂より、可愛らしく人に甘えるのが上手な梨香の方が男性に評判がいいというのは承知している。

瑞穂としては、それは梨香と自分の得意分野の違いに過ぎず、特別コンプレックスを抱く問題ではない。そう思っているのに、時々その違いを、さも瑞穂の欠点であるような言い方をしてくる人がいる。

――人は人。自分は自分。

そうは思っているのだが、もし自分に梨香のような社交性があれば、傷付けずに済んだ人がいるのかもしれないと思うと、心の奥に燻るものがあった。

「……」

後悔しても、過去は変えられない。

考えていても時間の無駄なら、とにかく仕事を進めよう。

そう気持ちを割り切って仕事をしていると、運送業者から電話がかかってきた。

聞くとリーフブルワリーの荷物は、展示会が開催される隣の州の集荷場に届いているとのことだった。ありかがわかったのは嬉しいが、アメリカの国土面積を考えると、頭が痛くなる。

しかもあちらの運送会社の社員は、日本企業ではありえない開き直りとも受け取れる態度で接してくるからいただけない。

——それでも、できる限りの手は尽くすべきだ。

とりあえず現地スタッフに途中まで取りに行けるかを確認し、運送会社に中継地点まで至急届けてもらえるよう交渉した。

最初は渋っていた相手方だが、荷物が所定の時間までに届かなかった際には損害賠償請求も視野に入れた話し合いになる、と脅しを含めた交渉の末、こちらの意見を呑んでくれた。

その交渉をしながら、瑞穂はネットで現地スタッフのためのレンタカーを手配する。

——現地に、新婚の吉田君がいてよかった。

アメリカに赴いているスタッフの一人が、新婚旅行の際に国際運転免許証を取得していた。こんな事態は想定していなかったが、運転できる者がいないか事前に確認しておいてよかった。

運送会社との話し合いを終え、そのままスタッフに電話をかけて段取りを伝える。

そして自分は荷物を受け取れるまで会社で待機しているので、なにかあればすぐに電話するように言い添えた。

デスクでホッと一息ついた時、自分の名前を呼ぶ甘い声が聞こえた。

「瑞穂、もう仕事終わる？」

声のした方へ顔を向けると、梨香が部署ごとを区切るための低いパーティション越しに手招きしているのが見えた。

時計を確認すると、いつの間にか終業時刻を過ぎていて、営業部のメンバーの中にも帰り支度を始めている者がいる。

普段の梨香は、帰る前にわざわざ挨拶に来たりしない。

なにか用があるのだろうと思いつつ、手を軽く挙げ待つように指示をし、まずはオロオロしながら一連の流れを見守っていた部長に報告をした。

安堵の表情を見せる部長に、後は自分が対応するので部長は帰っても大丈夫だと伝え、梨香のもとに向かう。

「どうかした？」

帰り支度を始める人の邪魔にならないよう、オフィスの片隅に移動して聞くと、昼間話しかけられた時より幾分凝ったメイクをした梨香が、人懐っこい笑顔で言う。

「合コン行かない？」

「……？　はい？」

「一人欠員が出ちゃったのよ」

最初、なにを言われているのかわからなかった瑞穂は、冷めた口調で返す。

「仕事があるから無理。それに、私が行っても、相手が喜ばないわよ」

「だからいいんじゃない」

梨香は、屈託のない笑みを添えて続ける。

「恋愛に興味のない瑞穂を連れて行けば、その分ライバルが一人減るってことでしょ」

「……」

「下手に友達と狙いが被ると、面倒な気遣いが生じるじゃない。でも瑞穂なら、その心配はないでしょ」

悪意がないだけにたちが悪い。眉間を押さえつつ、瑞穂が言う。

「悪いけど……今トラブルが起きてて、まだ帰れないから」

「えー、そんなに仕事ばかりして、飽きないの？」

その時、ふとあることを思い出す。

「そういえば梨香、昼間言ってた資料作りは終わったの？」

週明けのミーティングに向けて、アイディアをまとめるだけでなく、慶斗に資料を作るように言われたと話していたが。

瑞穂の問いかけに、梨香が首を横に振る。

「千賀観さん、センガホールディングスからの急な呼び出しがあって、今日は戻らないみたいなの。だから、月曜日の朝一ですれば間に合うから大丈夫」

楽観的に話す梨香に、社会人としてそれでいいのかと問いたくなる。

「千賀観さんの気を引きたいなら、合コンをやめて、資料を仕上げておいたら？」

いくら従姉でも残業の強要をするわけにはいかないので、やんわり提案してみた。でも梨香は、それとこれとは別問題とばかりに首を横に振る。

「千賀観さんが、絶対結婚してくれるって言うなら仕事を頑張るけど、その保証がないうちは、全ての出会いを大事にしなきゃ。私たちもう二十八なのよ」

「……」

だから？　と、顔にでも書いてあったのだろう。

梨香が呆れた視線を向けてきた。

「そろそろ結婚しなきゃ痛いじゃない」

「そう……」

「あっ、瑞穂はいいのよ。パパも、瑞穂は結婚なんてしないで、ずっとウチで頑張って欲しいって言ってるから」

「それは……どうも」

――梨香に悪気はないのだろうけど……

満面の笑みで言われても対応に困る。

そんな瑞穂の気持ちを察することなく、梨香が嬉しそうに続けた。

「瑞穂は子供の頃からしっかりしてたから、関係ないかもだけど。私みたいな普通の可愛いだけが取り柄の女子にとって、結婚って重要な問題なのよ。この先の人生をよりよいものにするためには、仕事より出会いを大事にしないと」

二十八歳で、自分のことを「可愛いだけが取り柄の女子」と表現するのは、痛くないのだろうか。

そんな素朴な疑問が頭をよぎるが、言葉にすると面倒が増えそうなのでスルーしておく。

「……そう。リスクヘッジを欠かさないのは、社会人として大事なことね」

できればその危険予測能力を、仕事にも向けてくれ。心からそう願いつつ、梨香の背中を見送った。

梨香が帰った後、他の営業部のメンバーが一人、また一人と帰るのを見送りながら、一人で仕事をしていると、平助がオフィスに入ってきた。

「瑞穂、梨香を知らんか？」

フロアに瑞穂以外の社員がいないことを確認して、平助が親しげな口調で話しかけてくる。

「だいぶ前に帰りましたよ」

瑞穂の言葉に眉を寄せた平助が、梨香のデスクを漁り出した。

「どうかしたんですか？」

ただならぬ平助の様子に、瑞穂も梨香のデスクに近付く。そんな瑞穂に平助が言う。

「今、千賀観さんから電話があったんだ。梨香に今日中にと頼んだ資料を取りに会社に寄りたいが、二時間ほど後に会社に寄っても鍵は開いているかと聞かれて……」

「あの子……」

デスクの上にめぼしい資料が見つからず、引きだしの中まで漁り始める平助の姿に、瑞穂が額を押さえる。

さっき合コンに誘いに来た梨香は、頼まれた資料を仕上げるのは月曜日で大丈夫だと言っていた。

瑞穂がそのことを告げると、若干その展開を予想していたのか、平助が「やっぱり……」と、表情を強張らせる。

「梨香のことだから、そんなことじゃないかと思ったんだ……」

「それを承知していて、どうして、千賀観さんのサポートを梨香に任せたんですか？」

呆れつつ聞いてはみたが、その理由はわかっている。

平助は、あわよくば慶斗に梨香を気に入ってもらい、センガホールディングスと姻戚関係を結びたいからだ。

　でも当の梨香がこれでは、慶斗が彼女を気に入るなんてことは難しいのではないかと思う。

　諦めがつかないのか、平助が梨香のデスクを探し続けている。見かねた瑞穂も、ブッ
クスタンドに差し込まれている書類を確認していく。

「頼まれた資料、これじゃないですか？」

『再開発地区周辺の企業分布』『製作・梨香』と、表紙に印刷された資料を手に取る。

　表紙のすみにシャープペンで今日の日付と「〆」のサインが書き込まれているので、
これで間違いないだろう。

　――いくら社内に栗城が多いからって、ファーストネームだけ書くって……

　栗城の苗字を持つ者が三人いるので、瑞穂や梨香のことをファーストネームで呼ぶ者
は多いが、提出書類にファーストネームを書くのはいかがなものかと思う。

　そんなことを思いつつ書類の中身を確認すると、ほとんどなにもできていない。

　梨香の能力を考慮すると、月曜日の朝急いでどうにかなる状態ではない気がした。

「たぶんこれだな」

　内容を確認した平助が、一段と顔を強張（こわば）らせる。

「とりあえず千賀観さんに連絡して、資料ができてないから来ても無駄足になると伝え

た方がいいんじゃないですか？」

瑞穂の提案に、平助が冗談じゃないと首を横に振る。

「そんなことして、ウチの評価が下がったらどうする。彼は、センガホールディングスの次期社長候補なんだぞ」

「でも、わざわざ来たのに、頼んであった書類ができてない方が、千賀観さんの心証は悪いんじゃないですか。ここは正直に伝えるべきです」

「……っ」

瑞穂の指摘に平助が下唇を噛む。そして未練がましく資料を再読した後、瑞穂を見た。

「なんですか？」

「再開発地区の企業分布……って、営業の資料を使って、どうにかできないか？」

自分のパソコンの中にまとめてある資料を思い出し、「できなくはないです」と、答える。

次の瞬間、平助が瑞穂の両肩を強く掴んだ。

「頼む。梨香の代わりに、今すぐこの資料を仕上げてくれ」

「――えっ？」

突然なにを言い出すのかと瑞穂は戸惑う。

「これ、梨香の仕事ですよ。勝手に私が仕上げるわけにはいかないし、そんなの誰のためにもならないじゃないですか」

ここで瑞穂が代わりに資料を仕上げては、梨香の責任感が育たないし、慶斗を騙すことになる。瑞穂の正論を、平助が「会社のためになるっ！」と一刀両断した。

「このままでは、我が社の評価が下がってしまう。お前はそれでいいのか？」

「うっ……っ」

そう言われると、すぐに言葉を返せない。

センガホールディングスが、利益率の悪いクラフトビール事業からの撤退を考えているという噂は耳にしていた。これからも、リーフブルワリーのビールを広めていきたいと思っている瑞穂にとっても、出向一ヶ月少々で慶斗の心証を悪くする事態は避けたい。

チラリと自分のデスクに視線を向ける。

アメリカから、荷物を受け取ったという連絡はまだ来ていない。その連絡があるまでは帰るつもりはないのだが……

「梨香には、私からキツく注意しておくから、今回だけは助けてやってくれ」

瑞穂の迷いを察したように、平助が頭を下げてきた。

「七年前の悪夢を繰り返したくないんだ」

その言葉の意味するものを承知している瑞穂は、ため息を吐く。

「……今回、だけですよ」

そう念を押した瑞穂が手を差し出すと平助の表情が輝き、その手に梨香が残していった資料を握らせた。

　書類を預かった瑞穂は、すぐに自分のデスクに引き返しパソコンを開く。

　——再開発地区の企業分布……

　それに関して瑞穂は、レイクタウンのリニューアル計画が確定する前から情報収集を続けていた。

　周辺環境が変われば、客層が変わり、商品の売れ筋も変わる。営業は、そういった変化には常に敏感であるべきだと考えているからだ。

　営業としての職務をまっとうするべく収集してきた情報が、違う形で役に立つとは。

「……」

　とりあえず梨香が途中まで準備していた資料に目を通し、瑞穂は大きなため息を吐く。

　瑞穂が地道に蓄積してきた情報と、梨香が途中まで作った資料ではあまりに違いすぎた。長い期間継続的に情報収集をしてきた瑞穂には、梨香の資料が、広報がホームページで公開している再開発見通し計画案をそのまま書き写したものだとわかる。

　——このままの資料じゃ、とても千賀観さんに渡せない。

　梨香にも、梨香を任命した平助にも言いたいことは山ほどあるが、とりあえず今はこの資料を作るのが先だ。

　梨香の作った資料をベースに情報を書き足せばいいと思っていたが、これでは最初から作り直さなくてはならない。

覚悟を決めた瑞穂は、パソコンに意識を集中させるのだった。

パソコンと向き合うこと約二時間。

どうにか資料を完成させ、表紙の書類制作者の名前を「梨香」から「栗城」に修正し、梨香のデスクの上に置く。

そして自分のデスクに戻り、中断していた自分の仕事を再開すると、慶斗がオフィスに入ってきた。

「こんな時間まで残業？」

瑞穂の存在に気付いた慶斗が、声をかけてくる。

「少しトラブルがあったもので」

軽い会釈を添えて、短く答える。

「そう」

梨香のデスクの書類を手に取った慶斗が瑞穂に視線を向け、「サポートは必要？」と確認してきた。

「いえ。私一人で処理できます。帰っていただいて大丈夫です」

連絡事項は端的に。

我ながら愛想のない返事だとは思うが、どう考えても向こうも仕事を抱えて忙しいはずだから、無駄な会話をしている暇があるのなら早く帰って休めばいいと思う。

「俺が手伝って早く終わるなら、遠慮しなくていい。週末なんだから、遊びに行きたいだろう?」

爽(さわ)やかな口調で問い返す慶斗に、瑞穂は「週末は、関係ありません」と、そっけなく答える。

「これといって趣味もないので、急いで帰る必要はありませんから。帰ったところで、本を読むか、DVDを観る程度です」

だからお気遣いなく。そう肩をすくめる瑞穂に、何故か慶斗は痛々しいものを見るような視線を向けてくる。

「……若いんだからもっと楽しめよ」

「そういう発言は、セクハラになりますよ」

その手のアドバイスは、もう聞き飽(あ)きた。

なにに重きを置くかは人それぞれだろう。

プライベートを充実させるために仕事を頑張る人を否定はしないが、瑞穂は仕事を充実させるために、プライベートが稀薄になっても満足しているのだから、ほっといてもらいたい。

「それは失礼した」

プライベートにまで口出しされる筋合いはないと、冷めた口調で返す瑞穂に、慶斗が謝罪してくる。

「……」

初めて会った時もそうだが、彼は他の男性なら不快な顔をしそうな瑞穂の物言いを、あっさりと受け流してしまう。

別に喧嘩したいわけではないので、引いてくれるならその方がいいのだが……

――なんか拍子抜けしてしまう。

「そういえば、二ヶ月ぶりだな」

「え？」

なにが……と、聞こうとした時、デスクの電話が鳴った。アメリカの現地のスタッフからだ。

「すみません！　もしもし……」

慶斗に断りを入れ、素早く電話に出る。その視線の先で、慶斗が瑞穂の作った資料に目を通し満足げに表紙をポンッと叩くのが見えた。

その様子に内心で安堵しつつ、電話の向こう側に耳を傾ける。

「そう……無事に荷物受け取れた。よかった。気を付けて戻ってください」

瑞穂がホッと息を吐くと、資料を鞄にしまった慶斗が軽く手を上げてオフィスを出て行くところだった。

「あ、社長が帰りに寄ってくださいって言ってました」

受話器を顔から遠ざけ、慌てて平助からの伝言を告げる瑞穂に、「伝え忘れたことにしてくれ」と、軽く手をヒラヒラさせる。

「どうして私が、貴方の嘘の片棒を担がなきゃいけないんですか」

素早く抗議する瑞穂に、慶斗が驚いたように振り返る。

瑞穂の顔をまじまじと見つめる慶斗が、不意に表情を緩めどこかからかうように言った。

「二ヶ月前のお詫びだと思ってくれればいい」

「……っ！」

その言葉に、さっき彼の口にした「二ヶ月ぶり」の意味がわかった。三月のあの日以来、初めて彼と言葉を交わしたのだ。

気まずい表情を浮かべる瑞穂に、「じゃあ」と目を細め、慶斗が今度こそオフィスを出て行く。

その時、遠ざけた受話器から、スタッフが「もしもし」と繰り返す声が聞こえた。

「ああ、ごめん。なんでもない」

　この状況で、これ以上追いかけてどうする。そう結論づけた瑞穂は、あの王子様にはなるべく関わらないでおこうと、改めて心の中で誓うのだった。

　慶斗と二ヶ月ぶりに言葉を交わした日から二週間後、青ざめた表情の梨香が瑞穂のもとに駆け込んできた。

「瑞穂、貴女ってば、大変なことをしでかしてくれたわねっ！」

「えっ？」

　突然のことに戸惑う瑞穂の手を、梨香が強く引く。

　手を引かれるまま立ち上がった瑞穂は、「とにかく社長室まで来て」と、梨香に手を引かれて歩き出した。

　いつもと違う梨香の様子に、なにかとんでもない問題でも起きたのかと背筋に冷たいものが走る。

　アメリカの展示会は、アクシデントはあったものの、まずまずの成果を出していた。現地での評判もよかったので、社長室に呼び出されるほどのクレームが入るとは思えない。

「どこからのクレーム？」

自分の仕事をあれこれ思い出し、エレベーターに乗り込んだタイミングで聞いてみた。

すると梨香が、緊張した顔で答える。

「千賀観さん」

「はい？」

「とにかくすごく怒ってて、瑞穂のせいで酷い損害を生じさせるとこだったって言うのよ」

これまで二回しか言葉を交わしたことのない慶斗を、何故それほど怒らせたのかわからない。

「損害？　どの件に関して？」

「とにかく、ちゃんと私の代わりに謝ってよ」

――え？　梨香の代わり？

その言葉が引っかかるが、それについて質問をするより早くエレベーターが十一階に着いてしまった。すぐに梨香が、また瑞穂の手を引き歩き出す。

彼女はそのまま社長室の扉を開けると、瑞穂の背中に手を回して自分の前に押し出した。

「……っ」

勢いよく背中を押された瑞穂は、よろけてその場にしゃがみ込む。土下座に近い姿勢で顔を上げると、来客用のソファーに座る慶斗と目が合った。

長い脚を持て余すように組んでソファーに座る彼は、眉間に皺を寄せ厳しい表情を浮かべている。

端整な顔立ちをしている彼のそんな表情には、周囲を黙らせる威圧感がある。

実際、慶斗の座るソファーの向かいには、平助が小さく縮こまって座っていた。

「……」

社長室に満ちるただならぬ緊迫感に、瑞穂は立ち上がることもできずに息を呑んだ。

すると瑞穂の背後で、梨香が頭を下げる。

「すみませんっ！　これまで書類を作ってたの、実はこの子なんです」

「……はい？」

どういうことだろうと後ろに視線を向けると、姿勢を戻した梨香が目を潤ませながら口を開く。

「千賀観さんに頼まれた書類、ちょっとアドバイスをもらおうと相談したら、この子が勝手に全部仕上げちゃって、それをどうしても使って欲しいって頼んでくるから……」

つらつらと言い訳する梨香の話を聞きながら、瑞穂は思い切り眉を寄せた。

二週間前、頼まれた仕事を放って帰った梨香に代わり、瑞穂が書類を仕上げたことがあった。

後日、慶斗から絶賛されたとはしゃぐ梨香は、それに味をしめ、書類作成を全て瑞穂に丸投げしてきた。

瑞穂は何度も、アドバイスはするが自分で作るように言ったのだが、梨香は「私じゃ無理」と、堂々と開き直り、まったく聞く耳を持たなかった。

最初に今回だけと約束した平助まで、「会社のために」「商品の知名度を上げ、販売実績に繋げるために」と泣き付いてきたのだ。

社の知名度を上げ、販売実績に繋げたいというのは瑞穂の願いでもある。仕方なく、これも営業の仕事の一環と割り切って、書類作成をし続けていたのだが……

梨香はその経緯をなかったことにして、瑞穂が出しゃばり、強引に彼女の仕事を奪ったことにしようとしている。

さすがに納得のいかない顔をする瑞穂を見据え、慶斗が大きく頷いた。

「なるほど、君の仕事だったのか」

大きく息を吐いた慶斗は、前髪を掻き上げて平助を睨んだ。

「これは一体どういうことですか？　私のサポートスタッフは、栗城社長の娘である栗城梨香さんと伺っていたので、彼女に資料作成を頼んでいたのですが。今頃になって資料は彼女が作ったものではないと言い出した。貴方は……私を騙して楽しんでいるんですか？」

「いや……、決して千賀観さんを騙そうなどということはなく。彼女の苗字も栗城なので、制作者の名前が同じなのは……そういうことで……」

しどろもどろに話す平助に痺れを切らしたのか、慶斗は立ち上がり瑞穂の前で書類を手に仁王立ちする。

「随分デタラメな仕事をしてくれるね」

怒りを含んだ慶斗の声に、平助がさらに縮こまる。だけど瑞穂としては、彼のその言葉に納得がいかない。

「デタラメな仕事をしたつもりはありません」

真っ直ぐ見上げ、そう断言する。そんな瑞穂に、慶斗が小さく笑って手を差し伸べる。

「だからこそ、間違っている。……立てるか？」

言いながら、慶斗が手を軽く揺らす。そうされることで、自分が床に座り込んだままだったことに思い至った。

「一人で立てます」

差し出された手を無視して自分の力で立ち上がる瑞穂が、もう一度宣言する。

「リーフブルワリーの社員として、社に損害を与えるような仕事はしていません」

ソファーで青くなる平助は、事情を説明することなく「本当に申し訳ありません」と、深く頭を下げるばかりだ。

「では何故、自分で作った資料の責任を従姉に押しつけた？」

随分な物言いに、瑞穂は眉を寄せる。

「そんなつもりはありません。仕事を依頼されたのが栗城梨香だったので、彼女が書類を提出しただけです。もし書類に不備があった場合は、私が責任を負う覚悟はありました」

まるで瑞穂が、梨香の名前で提出する資料だから適当な仕事をし、責任逃れをしているような言い方にカチンとくる。

仕事を丸投げしておいて、その責任を瑞穂一人に押しつけてくる梨香や、萎縮するばかりで事情を説明してくれない平助にも腹が立った。

そんな二人に話を合わせて、慶斗の怒りを鎮める手助けをする気にはなれないので、瑞穂は自分の意見を遠慮なく言葉にする。

「それにお言葉を返すようですが、この二週間、千賀観さんが彼女に頼む資料はどれも急なわりに難解で、参考資料を分析するだけでも相当な時間を要します。それをたて続けに頼むのは、作り手に対する配慮が欠けているのではないでしょうか」

瑞穂が資料作りを引き受けざるをえなかった理由は、そこにもある。

慶斗が梨香に依頼した仕事は、どれも締切までの期間が短く深い知識を求められるものばかりで、とても彼女の手に負えるようなものではなかった。

補佐役を任されている以上、それはそれで問題があるが、本人の能力に見合わない仕事を無茶振りし続ける慶斗にも問題を感じる。

「そうかな？」

「はい。負担が多すぎます。センガホールディングスの本社では、社員数が多いのでその仕事の仕方が通ったのでしょう。もしくは創業者一族の命令なら、社員が無理をしてでも進行したのかもしれませんが、ここはセンガホールディングス本社ではなく、系列子会社のリーフブルワリーです。社員数の少ない弊社で、蛇口を捻れば必ず水が出てくると決めつけているような仕事の振り方がまかり通ると思われては困ります」

呼吸ができているのか心配になるくらい顔色の悪い平助には悪いが、慶斗がまだしばらくリーフブルワリーで働くのであれば、それは理解しておいてもらいたい。

瑞穂の言葉に承知したと頷く慶斗が、彼女をじっと見る。

「でも君は期限内で仕上げた。その間、自分の仕事はどうしていた？」

「私には営業として培ってきた知識がありましたから。自分の仕事は、同時進行で進めていました」

おかげで、ここしばらくは残業続きだ。

「なるほど」

手にした書類に視線を落とした慶斗が、再び瑞穂へと視線を向けてくる。

力量を値踏みしているような視線に居心地の悪さを感じながらも、瑞穂は慶斗に確認する。

「それで、その書類のどこに不備があったと？」

経緯はどうであれ、求められた資料はどれもきっちり仕上げたつもりだった。だが、依頼主が不備があると言うのなら、それは非を認め謝罪するべきだろう。

そんな瑞穂に、慶斗が逆に問う。

「君は、なにが間違っていたと思う？」

「わかりません。自分では、きちんと仕上げたと思っていました」

「そうだな。よくできた資料だ。わざと間違えておいた数値もきちんと修正してある」

「はい？」

彼は、書類に不備があって怒っているのではないのか。

拍子抜けする瑞穂をからかうように肩をすくめた慶斗は、表情を厳しくして平助を睨む。

「出向が決まった際、社長は私に『優秀なスタッフを付ける』と仰いましたが、それは聞き間違いだったのでしょうか？　もしかして社長は、私が派閥争いに敗れることを望んでいるとか？　それならこちらも、いろいろ考えを改める必要がありますが」

――派閥争い？

瑞穂にはなんのことだかわからないが、平助はその言葉に過剰なまでの反応を見せる。

「いえっ！　けっ、決してそのようなことは……。千賀観さんの邪魔をするなど滅相もない。資料の件に関しては、本当に二人の苗字が同じだった故生じた不手際で……」

必死に言い訳する平助に、慶斗が険しい表情のまま「なるほど」と、頷いた。

「栗城社長の言い分はわかりました。確かに、彼女も栗城だ。つまり、こういうことでしょうか？」

もったいつけるように一度言葉を切った慶斗は、手にしていた資料を軽く叩いて言葉を続ける。

「私は、栗城梨香君に資料の作成を依頼したつもりだったが、彼女は自分の従妹（いとこ）である栗城瑞穂君が依頼されたと勘違いし、彼女に仕事を任せた。任された瑞穂君は、営業で培（つちか）ったノウハウがある自分こそこの仕事に適任だと思い資料を作成した」

「はあ……」

「栗城瑞穂君の能力を承知している社長も、彼女が私の仕事をしていることに疑問を抱（いだ）かなかった。……そういうことですか？」

「え……まあ……」

それが事実ではないと承知しているが、そういうことで収めようではないか。そう言いたげに微笑む慶斗に、平助がぎこちなく首を動かす。

するとケイ斗は、さっきまでの厳しい表情を一変させた。

「私はずっと、栗城梨香さんが社長の仰る有能なスタッフだと思っていましたが、それは私の勘違いで、本当は栗城瑞穂さんだった。……そういうことでよろしいですね」

「はい？」

話が妙な方向に転がっていく。

素っ頓狂な声を上げる瑞穂をチラリと見て、慶斗は強気に微笑む。

「私のスタッフは、最初から栗城瑞穂さんの方だった。そういうことですね？」

強く念を押された平助が、首をぎこちなく縦に動かす。

「はぁ……まあ……そのとおりです」

平助の答えに、慶斗が満足げに微笑んだ。同じ人物の笑顔とは思えない、その表情の変わり方が見事で、彼が自分の見せ方を熟知しているのだと察する。

「なるほど。そういうことでしたか。安心しました。ではこれからよろしく頼む」

そう微笑みかけられた瑞穂が、冗談じゃないと体を仰け反らせる。

「まっ、待ってください。私は、営業の仕事で手一杯で、千賀観さんのサポートなんてとても」

そう訴える瑞穂を押しのけ、ずっと黙っていた梨香が騒ぎ始める。

「そうよ。千賀観さんのサポートは、私です」

すると慶斗は、梨香を見て口の形だけで笑みを作った。

「君はこの先も、私がなにか仕事を頼む度に従妹へ仕事を押し付けるのだろう？　間に人が一人入れば、それだけ時間がかかる。それを無駄だとは思わないか」

「酷い」

梨香が甘えた声でなじるのを無視して、今度は平助を見て言う。

「貴方たちは忙しい私に、まだこの茶番に付き合えと？　それとも、この会社は意図的に私に精神的負担をかけると上に報告すれば満足ですか？」

平助が青ざめ唇を震わせる。

――千賀観さん、目が少しも笑ってない。

表情こそ笑顔だが、くだらない言い訳は許さないと、その意思の強そうな目が語っている。

「本日より、私のサポートスタッフは、こちらの栗城瑞穂さんにお願いする。それでいいですね？」

「承知しました」

「パパッ！」

項垂れる平助に、梨香が抗議する。

それを無視して、慶斗は「ではそういうことで」と、話をまとめようとした。だが瑞穂の方は、そう簡単に承知するわけにはいかない。

「ちょっと待ってくださいっ。困りますっ！」

「ん？」

「抱えている仕事もあるので、今部署を離れるわけにはいきません」

新商品の初動はよかったが、これを安定した売り上げに繋げていくためには、営業としてまだまだやるべきことがある。海外市場開拓も着手したばかりだ。

焦って声を上げる瑞穂に、慶斗が不快そうに眉を寄せた。

「君一人が抜けるだけで仕事が立ちゆかなくなるほど、ここの営業はふぬけ揃いなのか？」

「まさかっ！」

仕事仲間を、バカにされるわけにはいかない。

声を荒らげる瑞穂に、慶斗が「じゃあ、なにも問題はないじゃないか」と、したり顔を見せる。

「頼りになる同僚がいるのはいいことだ。そしてその同僚を信じないのは、彼らをバカにしていることと同じだと思わないかい？」

「……っ」

「それに君が一人で仕事を抱え込むことで、下の成長の妨げになってはいないか？」

正論ではあるが、これまでの自分の働き方を否定されたようで癇に障る。

反論のため口を開こうとする瑞穂を制するように、慶斗がパンッと大きく手を打ち鳴らした。

「では今後は、そういうことで」

反論は受け付けないとばかりに、彼は笑顔で話をまとめてしまう。

「社長っ！」

助け船を求めて平助を見ると、固く目を閉じ瑞穂に向かって合掌する彼の姿が見えた。

——駄目だ。助けにならない……

他にこの状況を覆す方法はないだろうかと、ぐるりと社長室を見渡せば、憤怒の表情で自分を睨む梨香の顔が見えた。

——いや。私、悪くないから。

これまでのやり取りを見聞きしていて、何故そんな目で自分を見る。

そもそもの原因を作ったのは梨香本人だというのに……

理不尽な逆恨みに肩を落とす瑞穂に向かって、慶斗が癖のある笑みを浮かべた。

「君は、私情で仕事を選ぶのかな？」

そこまで言われて、拒めるわけがない。

「う……ぅ……上の判断に従います」

瑞穂が声を絞り出すと、慶斗が満面の笑みで平助を見る。

「では、そういうことで頼みます」

「かしこまりました」

疲れた様子で返事をする平助に、梨香が不満の声を上げるのが聞こえたが、さすがにもう構う気力がない。

「では、行こう」

梨香の声を無視して、慶斗が瑞穂を促してきた。

慶斗と一緒に廊下に出た途端、社長室から梨香の癇癪を起こす声が聞こえてくる。

「……話の進め方が無茶苦茶です」

扉越しに漏れ聞こえる梨香の金切り声に首をすくめて、瑞穂が慶斗を睨んだ。

睨まれた慶斗は、涼しい表情で歩きながら言う。

「君は正しすぎる。ここは学校じゃないんだから、物事を迅速に進めるためには、ハッタリを効かせるのも大事だよ」

呆れる瑞穂に、慶斗が鼻に皺を寄せて笑う。まるで悪戯が成功してご満悦といった感じだ。

――子供みたい。

仕事の場では不謹慎に思えるほど、生き生きとした表情の慶斗を恨めしげに見つめる。

「俺は一目惚れしたんだ」

平助の前では「私」と言っていた慶斗の自称が、いつの間にか「俺」になっていた。

だがそれより、彼の発した言葉に衝撃を受ける。

「はっ？」

突然なにを言い出すのかと焦る瑞穂に、慶斗が拳で書類をポンッと叩いて微笑む。

「二週間くらい前、君の従姉に頼んだ再開発地区の企業分布に関する資料、アレを作ったのも君だろう？」

「まあ……」

「俺は、あの隙のない資料に一目惚れしたんだよ」

「ああ」

そういう意味の一目惚れか。

「作ったのが君だとはわからなかったが、君の従姉の仕事じゃないことはすぐにわかった。少し話せば、彼女にそれだけの知識や見識がないのはすぐにわかる。だから一芝居打って、サポート役の交代を願ったわけだ」

「そんなことのために、損害を被ったなんて嘘をついて、怒ったふりをしたんですか？」

確かに慶斗を騙した平助も悪いが、なにもあそこまで怯えさせることはないのに。

呆れる瑞穂に、慶斗が悪戯っぽく笑う。

「損失というのは、あながち嘘じゃない。あのまま従姉の方をサポート役にしていたら、間違いなく仕事に支障をきたしていただろう。ああでもしなければ、後どれだけ、君への伝書鳩を続けていたことか。それだけでも十分、時間の無駄という損害を受けることになる。俺は忙しいんだ」

「でも……私にだって抱えてる仕事があるんです。急に投げ出すわけにはいきません」

　慶斗の後を追いかけながら瑞穂が言い募る。

「言ったはずだ。君が一人で仕事を抱え込むことで、下の成長の妨げになっているかもしれない。会社を辞めるわけじゃないのだから一度現場から離れて、部下の成長を信じてみろ。ついでに俺は、君の従姉から解放され万々歳だ」

「——っ！」

　そこまで話すと、不意に慶斗が立ち止まった。歩幅の大きい慶斗を追いかけ、早足になっていた瑞穂が勢い余ってぶつかりそうになる。

「部下の成長を見守る間、俺の仕事を手伝え。真面目に、君の従姉じゃ役に立たん」

「……千賀観さん、社会勉強のための出向じゃなかったんですか？」

　彼の厳しい口調に、ついそんな質問が口を衝いて出る。

　すると慶斗は、ニヤリと意味ありげに笑った。

——やっぱり……

もともと、ただ社会勉強をしに来た世間知らずの王子様ではないと思っていたが、この出向にはなにか意味があるらしい。

「その件に関しては、改めて時間を作って説明させてもらうよ。とにかく君には、俺の仕事を手伝ってもらう。断っても無駄だ。俺は惚れたらしつこいぞ」

強気な表情で笑う慶斗は、瑞穂に顎(あご)でついてくるように促(うなが)し再び歩き出した。

「なっ……」

なんて自己中心的な男なのだ。そう文句を言おうにも、慶斗の背中はどんどん遠ざかっていく。

瑞穂は文句を言うのを諦め、仕方なく大股に歩く彼の背中を追いかけた。

2　それぞれの思惑

慶斗の鶴の一声で、その日の夕方には社長より正式な辞令が下り、瑞穂はレイクタウン出店のために新設された店舗開発部への異動が決まった。

それに伴い、瑞穂の仕事を部内に引き継ぐ形となったわけだが……

瑞穂をライバル視していた市ヶ谷はともかく、入社以来自分を頼りにしていた杏奈の反応は瑞穂の予想とかなり違っていた。

「仕事を頑張ると、本当に神様がご褒美をくれるんですね！」

瞳を輝かせた杏奈は、満面の笑みで送り出してくれた。

――どっちかっていうと、市ヶ谷さんの方がショックを受けてたみたい。

彼は常々瑞穂を負かし、自分が営業のトップになると息巻いていた。そんな彼は、今回の異動を出世と受け取ったようで、大幅に差がついてしまったとショックを受けていた。

でもこの異動は、決して出世などではない。

もちろん、杏奈の言うような、仕事を頑張ったご褒美でもない。

梨香の仕事を押し付けられた結果、一癖ありそうな王子様に目をつけられ、面倒なことに巻き込まれつつあるだけだ。

その日の夜。高級感はあるが業種としては大衆居酒屋である店のカウンターに腰掛ける瑞穂は、隣に座る慶斗にもの言いたげな視線を向ける。

「まあ、そんなわけでよろしく」

瑞穂のグラスにビールを注ぎつつ慶斗が言う。

急な異動で一日中バタバタしていた瑞穂は、帰り際、待ち構えていた慶斗に有無を言わさず飲みに連れてこられてしまった。

ほぼ捕獲されるような状況で連れてこられた瑞穂が、ビールを注がれたグラスを睨んで唸る。

「もっと洒落た店がよかった？　でもこの店、酒も料理も美味いよ」

なかなかグラスに口をつけない瑞穂に、慶斗が笑みを向けてきた。

だが、瑞穂が不満を抱いているのはそこではない。

「無茶苦茶な人ですね」

あまりの強引さに苛立ち、つい皮肉が口から零れ出る。

「千賀観家の人間という立場からくる強引さですか？」

「そのとおり」

瑞穂の皮肉に気を悪くする様子もなく、慶斗が頷く。

どれだけ面の皮が厚いのだ。

呆れる瑞穂との乾杯を待たず一人グラスを傾ける慶斗が、強気な笑みを浮かべた。

「千賀観という苗字だけで、媚びを売ったり、顔色を窺ってくる者は多い。そういう者の多くは、千賀観の人間である俺と関わり、自分に利益を与えてもらおうと考えている」

そこで言葉を切った慶斗は、視線で瑞穂に「違うか？」と、問いかけてくる。

「まあ……」

慶斗が出向してきて以降、常に彼の顔色を窺っている平助の顔が思い浮かぶ。

「そういう周囲の態度を、俺は自分に対する期待や応援と受け取っている。俺が利益を生む人間と思われているからこそ、そうした対応になるんだろ？……それならそれで、彼らの期待に応える代わりに、多少のワガママを通させてもらってもいいはずだ。正直、そうしないと仕事が進まない」

自称に「私」ではなく「俺」を使う慶斗が、軽く肩をすくめて言う。

その仕草や口調が、会社で見かける時より、どこかリラックスして見えた。

「なんの努力もせず、自己の利益ばかりを求める方が、よっぽどワガママだと思わないか」

独り言のような声音で、慶斗にそう問いかけられた。

「まあ、確かに」

梨香の件を思い出すと、彼の言葉に頷かざるをえない。

そんな瑞穂に、手酌でビールを注いだ慶斗がグラスを差し出してきた。

「納得してくれたなら」

乾杯を催促して、慶斗がグラスを揺らす。

「……っ」

仕方なく瑞穂が自分のグラスを手に取ると、慶斗のそれがカチンと当たった。彼はそのままビールを一口飲んで言う。

「改めてよろしく。俺にも抱えている事情があって、実力のあるサポートスタッフが必要なんだ」

「そうだ。昼間の、派閥がどうのって話はなんですか?」

昼間、社長室で派閥争いがどうとか話していたのを思い出す。

「ああ、それか」

小さく頷いた慶斗は、店員を呼び六月のおすすめメニューから勝手に料理を注文した。

注文を受けた店員の背中を見送り、話し始める。

「センガホールディングスの創業者である祖父は高齢で、そろそろ世代交代が噂されている。グループ内では、次期社長に誰が就くかということで、皆が神経を尖らせている状態だ。そんな中、俺も社長候補の一人として数えられている」

「みたいですね」

彼が出向してくる際、社内でもそのことが話題になっていた。

「だが、千賀観社長の孫は俺一人じゃない。そもそも上には、親父たちの代が閊えているし、会社経営は必ずしも世襲制というわけではないから、候補は親族以外にもいる」

「なるほど」

「だから、確実に俺が後継者となるためには、今から自分の実力を社内外に示しておかなければならない。それを見越してか、最近社長は候補に名の挙がっている社員に、次々と出向を命じている。しかも業績が低迷している会社ばかりを選んで」

「千賀観さんにとってこの出向は、実力テストのようなものなんですね」

瑞穂の言葉に慶斗が頷いた。

「俺はこの出向で、必ずリーフブルワリーの業績を上げ、結果を出す必要がある。そのためには、多少強引なことをしてでも、従姉ではなく君をアシスタントに欲しかった」

「……そうですか」

こうして自分の能力を認めてもらえるのは、素直に嬉しいし光栄だと思う。

「俺は忙しいんだ。社長候補とおだてられ調子に乗っている暇はないし、地道に実績を上げながら年功序列で社長の椅子が回ってくるのを待つほど悠長な性格もしていない」

「つまり待つのが嫌だから、一気にのし上がると……」

――なんとも短気で強気な王子様だ。

呆れる瑞穂に、慶斗が力強く頷いた。

「俺が継げば、確実に会社の利益に繋げる自信はある。それなのに、誰かに遠慮する必要があるか？」

「そうかもしれませんが、なんだか敵を作りそうなやり方ですね」

ビールを飲みつつ瑞穂が言う。

世の中、平助のように権力にひれ伏す者ばかりではない。

出る杭は打たれるという諺があるとおり、ただでさえ人目を引く彼が強引な言動をすれば、反感を持つ者も多い気がする。

それでも潰されずにここまで来たということは、それだけの実力が慶斗にあるということなのだろう。

「若いくせに生意気だと、俺を嫌う者がいるのは事実だ。だからこそ、そいつらに有無を言わせないだけの結果を出す必要がある」

瑞穂の予想を裏付けるように、慶斗が言う。

「そこまでして、社長になりたいですか？」

瑞穂は空になった二人分のグラスにビールを注ぎながら、慶斗に問う。

「なりたいね」

即答する慶斗が、そのまま続ける。

「せっかく創業者一族に生まれたんだ。目の前にある階段を上り詰めない人生なんて、つまらないだろ。そのために必要な教養も実力も時間をかけて培ってきた」

彼の声にはまったく迷いがなかった。

そこまでの強い信念を持っているのであれば、他人がとやかく言う必要はないだろう。

人として好きになれないことに、変わりはないが。

「私にサポートできることは、尽力させていただきます」

頭を下げる瑞穂に、慶斗が「ありがとう」と言って笑う。

「その代わりといってはなんだが、リーフブルワリーの業績は、俺がしっかり上向かせてみせるよ。それが自分のためにもなるからね」

ちょうどタイミングよく料理が運ばれてきた。

慶斗から差し出された箸を受け取りつつ、瑞穂が言う。

「強気ですね」

「これくらいのことで、つまずいていられるか」

どこまでも強気だ。そんな慶斗はビール瓶が空になったのを確認して、ドリンクメニューを瑞穂に渡した。

「……」

さっきから飲み物も料理も一人で決めて注文していたが、今度は瑞穂が選んでもいいということだろうか。受け取ったメニューを開くと、楽しげに慶斗が話しかけてきた。

「この店、ご当地ビールの品揃えの多さに定評があるんだ」

「そうですか」

新店舗のためにビールに関する意見交換をしたいのだろうか。

そう思いながら飲み物のページを開くと、慶斗が横から顔を覗き込んできた。

「静岡のご当地ビール気にならない？」

どこか挑発的な彼の視線に首をかしげつつ、メニューに目をやる。日本地図の静岡の部分に、リーフブルワリーの商品が写真付きで掲載されていた。

「気になりますね」

そして、慶斗の顔の近さも気になる。

――さすが、女慣れしている。

瑞穂と違い、慶斗が近すぎる顔の距離を気にしないのは、彼がそれだけ異性と近い距離で接することに慣れているということだろう。

居心地の悪さに小さく眉を寄せる瑞穂に構わず、慶斗がメニューを指さした。

「地域の特性を生かし、その土地に行かないと飲めないご当地ビールには、それを求める市場があり、地域活性を促す大事な役割も果たしている。だが、センガホールディングスとしては、リーフブルワリーの商品は、ご当地ビールではなく、高級ビールとして売り出したいと考えている」

なるほど。そうした意図があってのレイクタウンへの出店か。

彼としては、プレミアムビールとして売りたい商品が、ご当地ビールとして扱われているのが面白くないのだろう。

瑞穂は店員を呼んで気になったビールを注文すると、メニューを閉じて慶斗に返す。そのついでに「お言葉ですが……」と、静かに口を開いた。

「消費者が弊社の商品をどう認識していようと、それは消費者の自由だと思います。こちらのこだわりを押しつける前に、まずは商品を手に取ってもらい、美味しいと思ってもらうことが先決かと」

峯崎たち開発部がどれだけいい商品を作っても、商品が売れなくては意味がない。そう話す瑞穂に、慶斗が皮肉な笑みを浮かべた。

「その結果、七年前の悪夢を繰り返すか？」

「……っ！」

慶斗の言葉に、瑞穂がグッと唇を噛む。

その表情を見た慶斗が感心した様子で目を開く。

「いくら社長の親戚とはいえ、七年前といえば君はまだ学生だろう？　この会社とはなんの関係もなかったのに当時のことを知っているのか？」

「はい。学生バイトとして、廃棄の手伝いをしたので」

「ほう……」

慶斗から視線を逸らしながら、瑞穂は七年前のことを思い出す。

今から七年前、ある番組でご当地ビール特集が組まれた。その際、リーフブルワリーの商品も静岡のご当地ビールとして紹介された。そして、人気俳優が番組内でリーフブルワリーの商品を絶賛してくれたことがきっかけとなり、注文が殺到して爆発的に売れた時期があった。

当時のリーフブルワリーは、創業より経営不振が続いており、この先の経営が危ぶまれていた。そこへ降って湧いたような幸運に、社長の平助は売り上げを伸ばすべく増産態勢に入ったのだ。

しかし――ブームの火はあっという間に消えてしまった。

売り上げを伸ばすことを優先するあまり、平助はブームが下火になってきていることに気付けず、製造ラインを止めるのが遅れた。

瑞穂は、店員が運んできたビールを新しいグラスに注ぐ。

人の興味が薄れ、商品名が忘れられれば、販売店の棚にも置いてもらえなくなる。

過剰に製造され売れなくなったビールがどうなるかといえば、賞味期限が切れるのを待たずに廃棄されるのだ。

せっかく造った商品を勿体ない……そんな声が聞こえてきそうだが、そうすることで製造時に国に支払った税金が戻ってくる。

経営が傾いている企業において、それは背に腹はかえられない金額だった。

「ちょうど夏休みだったので、お小遣いをもらって手伝いに行ったんです」

本当は娘の梨香に手伝わせたかったのだろう。だが、彼女がそんな地味な肉体労働を引き受けるはずもなく、平助は代わりに自腹で瑞穂をバイトに雇ったのだった。

平助としては、身内に手伝わせることで、先見の明がなく大きな損失を招いたことに対する謝罪の意思表示としたかったのだろう。

平助と一緒に泊まりで静岡の工場に行き、峯崎たちと一緒に、無言でビールを開封しては排水溝に流す作業を繰り返した。

排水溝に流れていく黄金色（こがねいろ）の液体。

それを悔しそうに眺める峯崎たちの横顔。

その全てが、まだ学生だった瑞穂に苦い思い出として焼き付いている。

それは平助も同じなのだろう。

当時はこの逆境を乗り越えてみせると息巻いていた彼も、あの一件ですっかり打ちのめされ、今では親会社の意向ばかり気にする風見鶏のようになってしまった。

その挙句（あげく）、慶斗と梨香をくっつけて会社の保身を図ろうというのはどうかと思うが。

だけど裏を返せば、それくらい七年前の一件は、今もリーフブルワリー社員に痛い記憶として残っているのだ。

あの時見た、峯崎たち製造開発に携わった人たちの苦痛に満ちた顔は忘れられない。

いいものを造っても、売れなければゴミになる。

瑞穂は七年前の経験から、誰かが一生懸命作ったものを売る手伝いがしたいと、リーフブルワリーに営業希望で就職した。

「七年前の悪夢は繰り返させません。だからこそ、認識のされ方はどうでもいいんです。

大事なのは商品を手に取ってもらい、リーフブルワリーの商品が美味しいと知ってもらうことですから」

製造業者として、商品が売れず廃棄を余儀なくされることだけは避けたい。

瑞穂はグラスを一気に空にして顔をしかめる。これではビールの苦みを味わっているのか、人生の苦みを味わっているのかわからない。

「では、自社の商品を売りたいという点で、俺と君が目指す方向は同じということだな」

勝手に合意点を見つけ、いいように受け止める慶斗に、瑞穂が「それは違います」と手のひらを突き付ける。

「私が商品を売りたい理由は、自社の社員の心意気を無駄にしたくないからです。でも千賀観さんが商品を売りたい理由は、自分の評価を上げるためでしょう。同じにされたくありません」

自分と慶斗では、見ているものが違う。

背筋を伸ばしハッキリとした口調で話す瑞穂に、慶斗が一瞬口をつぐむ。

でもすぐに、人差し指を立てて反論してきた。

「確かにそうだ。俺の立場からすれば、リーフブルワリーは数ある子会社の一つにすぎない。だが君はさっき、消費者の認識を正すより商品を売ることが大事だと言った。それなら俺の目的がどうであれ、商品を売ることができれば、君はそれに満足するべきではないのか？」

「うっ、確かに……」

慶斗は中指も立ててチョキを作り、瑞穂の手のひらを挟んで「俺の勝ちだ」と、笑う。

「約束する。君がこのまま営業で活躍する以上に、会社に利益を出してみせる。だから君は、俺の仕事を手伝ってくれ」

昼間も、似たようなことを社長室の前で言われた。

確かに不本意な部分はある。だが、もう辞令は出てしまったのだ。仕事である以上、割り切ってサポートするしかない。

苦いものを呑み込むように、瑞穂はそう覚悟を決める。そんな瑞穂に、すかさず慶斗が付け足す。

「嫌々ではなく、自分の意思で、楽しんで俺のサポートをしてほしい」

「……」

よほど嫌そうな顔をしていたのだろうか。思わず頬を擦る瑞穂に、慶斗が魅力的な笑みを浮かべる。

「その代わり、損はさせない」

そう断言する慶斗は、相変わらず迷いのない目をしていた。

不思議と、彼が大風呂敷を広げているようには思えない。

強気な彼の見据える先には、リーフブルワリーの明るい未来があるのではないかと、つい期待したくなる。

――この人は、人に期待を抱かせる才能がある。

だから、彼の周囲には人が集まり一緒に仕事をしたがるのかもしれない。

きっとこれが、カリスマ性というものなのだろう。

だとすれば慶斗は、すでに大企業のトップに立つ資質を持ち合わせていることになる。

けれど、魅力ある人は毒にもなるのではないか。

空になったグラスをカウンターに戻し、改めて千賀観慶斗という人を観察してみた。

瑞穂の視線を受け止める慶斗は、余裕を感じさせる微笑みを浮かべている。きっと彼は、瑞穂が自分の申し出を断ることはないと思っているだろう。

そんな彼の目論見どおりになるのは、面白くないのだが……

慶斗の言うように、自社の商品を売ることが目的なら、通りすがりの王子様を利用するのはいい手なのかもしれない。

であるならば、彼が毒として作用しないよう、近くで見張っていた方が安全だ。

瑞穂があれこれ思考を巡らせている間に、慶斗が瑞穂のグラスにビールを注いでくれる。

瑞穂は覚悟を決め、グラスを手に取った。

「尽力させていただきます」

そんな瑞穂に向かって、再び慶斗が自分のグラスを持ち上げ左右に揺らす。

渋々といった感じで瑞穂が自分のグラスを寄せると、慶斗がカチンとグラスを軽く当てた。

「リーフブルワリーと俺の未来に、乾杯」

「……乾杯」

毒を食らわば皿まで。心の中でそう呟き、瑞穂はビールを飲み干した。

◇◇◇

自力で帰るという瑞穂を、なかば強引にタクシーに押し込んだ慶斗は、それを見送ると、自分も通りかかったタクシーを停めて乗り込む。

行き先を告げスマホを確認すると、センガホールディングス本社に残してきた部下の清山光弘（きよやまみつひろ）からメールが来ていた。そこには、自分が不在の間の本社での動きが書かれている。それと一緒に、他の社長候補たちの動向も。

現社長の國彦（くにひこ）には、三人の子供と四人の孫がいる。その内、センガホールディングスに就職し、次期社長候補に数えられているのは三人。慶斗と、彼の叔父にあたる千賀観郁太、その娘の千賀観和佳である。

慶斗の父は、現在任されている海外事業の運営に集中したいという理由で、次期社長になる気はないとのことだ。

本社に留まっている郁太に今のところ目立った動きはない。だが、慶斗と同じく系列子会社に出向している従姉の和佳は、改革と称し出向先の運営体制を根底から否定するような舵切りをしているらしい。その行動から、他の候補を出し抜いて、自分の実力を誇示したいという彼女の焦りが感じられる。

「気の毒に」

和佳の出向先の従業員を思い、慶斗がため息を吐く。

自分もだいぶ強引な方ではあるが、和佳には慶斗とは違う陰湿さがあった。従姉の和佳は彼の六歳上で、その名に反して攻撃的な性格をしている。それどころか加虐性もあるのではないかと思っている。

自分より立場の強い者の前では穏やかで愛想がいいが、立場の弱い者相手には高圧的に無理難題を押し付け、相手の困る様を見て悦に入るという困った性格の持ち主だ。

きっと今頃、結果の出ない状況に苛立ち、出向先の社員に当たり散らしていることだろう。

――もし、和佳の出向先に、彼女のような子がいたらどうなっていただろう。

さっきタクシーに押し込んだ瑞穂を思い出し、つい笑ってしまう。

お言葉ですが……と、愛想も遠慮もなく自分の意見を述べる彼女が、慶斗は嫌いではなかった。

だが和佳は、想定外の言葉を言ってくる人間を嫌う。もし和佳の出向先がリーフブルワリーだったら、きっと彼女が辞職を口にするまで陰険に追い詰めるに違いない。

自分の想定を超える人間に攻撃的になるのは、度量が狭い証拠だ。そんな奴に、大企業を運営できるわけがない。

また、和佳の父である郁太が社長になっても、長い先で、和佳が社長になる可能性が出てくる。

それを阻止するためには、なんとしても結果を出さなくてはならない。

「そのためにも……彼女の協力は不可欠だ」

瑞穂が作った資料を見れば、頭の回転が速く洞察力に優れていることがわかる。なにより、自分とは違った価値観と視点で会社を見ていた。

できることなら、もう少し仲良くしてもらえると助かるのだが、口数が少なく淡々としている彼女との距離の取り方がいまいちわからない。

人間関係を円滑にするため、自分の容姿を活かして愛想を振りまくことはあるが、彼女はそうした接し方をあまり好まないように感じた。

彼女との良好な関係は、これからの課題になるのだろう。

そんなことを思いながら、慶斗は清山にメールを返した。

最初は思うところもあったが、いざ店舗開発部に異動してみると、営業一筋で仕事してきた瑞穂には学ぶことが多いと気付かされる。

今までは、でき上がった商品の売り込み先を探すのが仕事だった。けれど、レイクタウンに新設される店舗の運営準備のために立ち上げられたこの部署では、全てが手探りで、自社の社員以外との交流も多い。

メンバーは瑞穂と慶斗の他に、もともと企画開発部にいた砂山武史（すなやまたけし）と篠ヶ瀬健一（しのがせけんいち）の四人。その他、飲食店の経営に関する外部アドバイザーと契約している。

砂山、篠ヶ瀬共に仕事のできる中年既婚者で、ここに梨香がいたと思うと、さぞや浮いていただろうと察せられる。

レイクタウンのリニューアルオープンは来年の春の予定なので、まだその全容も入るテナントも公表されていない。そのため、レイクタウン関係者との交流は、言葉の端々に情報の探り合いが窺（うかが）える。

そもそもレイクタウンの運営母体は、センガホールディングスの傘下企業なのだから、もっと情報を流してくれてもよさそうなものなのだが、思うように手の内を明かしてもらえずにいるようだ。

——営業よりよほど腹芸が必要な部署ね。

異動から一週間。

砂山の電話を聞くともなしに聞きながら、瑞穂は慶斗に出す資料の最終チェックを済ませて立ち上がった。

「千賀観さん、お願いします。……それと」

慶斗の肩書きは部長だが、異動初日に「新参者の自分が部長を名乗るのはおこがましい」と、強く主張された。それはどうかと思ったが、先にいた砂山たちも慶斗を名前で呼んでいるので、瑞穂もそれに倣(なら)っている。

慶斗のデスクの前に立ち書類を渡すついでに、もう一束書類を差し出した。

「これは？」

慶斗が、瑞穂と差し出された書類を見比べる。

「私なりに、レイクタウン周辺の主だった企業の業種と規模を調査してまとめたものです」

内容をザッと確認した慶斗が、小さく目を見開く。

「よく調べたな。実際に足を運んで確認したのか？」

「その方が正確なので」

慶斗は感心した様子で資料をめくる。ザッと目をとおしただけで、現地に足を運んだことがわかるのはさすがだ。

「忙しいのに、いつの間に……」

「仕事帰りに少しずつ」

仕事帰りという言葉に、慶斗が微妙な顔をする。

「ストイックだな。だが仕事は業務時間内に済ませてくれ」

「情報戦略は、ビジネスの基本でしょう。教えてもらえないのであれば、自分で取りに行くまでです」

慶斗の小言を無視して淡々と答える。

千賀観家の人間がいれば、レイクタウン出店までの準備は滞りなく進められるのだと思っていた。

しかしどうやら、会社の規模が大きくなればそれだけ多くの思惑が絡み合うらしく、簡単な話ではなさそうだ。

それに、数ある傘下企業の中で、レイクタウン出店に選ばれたのがリーフブルワリーであることに納得していない企業もある。そうした企業にとっては、リーフブルワリーが出店早々に失敗すれば、そのスペースに自分たちが出店できるのではないかと考えているらしい。

他社の商品に勝つために、ただ全力で自社の商品のよさを伝え、売り込めばよかった営業の頃とは随分勝手が違う。

――でもそれはそれで、いい勉強になる。

慶斗の補佐をすることは、確実に自分のスキルアップに繋がるだろう。

「ありがとう。やっぱり君を引き抜いて正解だった」

満足げに頷く慶斗が、瑞穂を見て強気な表情を浮かべて付け足す。

「もちろん、君にも満足してもらえる結果を出す」

それを忘れないでもらえれば、彼に言うことはない。

一礼して自分のデスクに戻ろうとする瑞穂を、慶斗が呼び止めた。

「君は、どんな雰囲気の店が好きだ？」

振り返り再び向き合う慶斗にそう問われ、瑞穂がフリーズする。

「どんな……」

「そう。君の感性も参考にしたいと思ってね」

軽い口調でそう言われるが――

「とくに、考えたことがないです。強いて言えば、自社の商品を置いてくれているお店でしょうか。……どうも私は、感受性が鈍いようなので、あまりお役に立てないかと……」

「感受性が鈍い？　そんなことないだろう」

真顔で返す瑞穂に、慶斗が小さく笑う。

けれど、瑞穂は小さく首を横に振った。

「それは、千賀観さんが私という人間を知らないからです。しばらくすれば、ご理解いただけると思います」

視線を落とし冷めた口調で告げた瑞穂は、一礼してこの話を締めくくろうとする。

でも慶斗は、それを許してくれない。

「そんな言葉で逃げるな。これは仕事の一環だ」

ぴしゃりとした彼の言葉に、瑞穂が反応する。

「私の店の好みなど、新店舗の参考にはならないと思いますが……」

「いや、参考になる」

強い口調で断言した慶斗が、戸惑いの表情を見せる瑞穂を宥めるように微笑みかけてくる。

「この質問は、君の頭を切り換えるための宿題だと思ってくれ」

「頭を切り換える？」

「そうだ。これまで君は、営業として店舗を回ってきたと思う。でも今は営業じゃない。

これからは、商品が消費される場所にいかに売り込むかではなく、消費させるための場の雰囲気をどう生み出すかが求められるんだ」

そう話す慶斗が、「そのためには、君の感受性が大いに必要になる」と、断言した。

「感受性……ですか」

――君は冷めていて、人としての感情が足りない。

学生時代、そうなじられた古傷が疼く。

「どうかしたか？」

無意識に胸に手を当てていた瑞穂に、慶斗が気遣わしげな視線を向けてきた。

瑞穂は軽く首を振り、気持ちを立て直す。

「なんでもありません。ただ、やはり私には向かない仕事かもしれません……」

「それでは困るな。私のサポート役を務める以上、全力で取り組んでもらう。自分が楽しんでいない奴に、人が楽しめる場所を提供できると思うか？」

「……っ」

「店舗とは、味だけじゃなく、空間も合わせて売る場所だ。我々には、客が金を出す価値のある場を提供する責任がある」

慶斗の言葉に、瑞穂はますます眉を寄せる。

彼の補佐をすることは自身のスキルアップに繋がると思っていたが、なかなかの難題どんなに苦手でも、仕事である以上、努力もせずに投げ出すようなことはしたくない。

「……考えてみます」

一礼して瑞穂はその場を離れた。

耳の奥で、自分をなじる声が聞こえた気がした。

――感傷に浸るなんて、らしくない。

軽く首を振る瑞穂は自分のデスクには戻らず、オフィスの外へ足を向ける。

気分転換に飲み物を買いに行こうとすると、視線が自然と営業部の方へ向いてしまう。

――相変わらず忙しそうだ。

店舗開発部から少し離れた営業部では、杏奈がメモを取りながら電話をしていた。

突然部署を離れることになり、十分な引き継ぎもできなかった。一方的に仕事を押しつける形になってしまったので、やっぱり気になってしまう。

――同じフロアにいるんだし、本当に困っていれば相談しに来るよね。

それがないということは、今のところ大丈夫ということだろう。

慶斗の言うとおり、自分が手を出しすぎて、後輩の成長を妨げていたのかもしれない。

それに気付けたという意味では、あの王子様の強引さに感謝すべきである。

休憩室の自販機の前に立ち、なにを買おうか悩んでいると、背後から声が聞こえてきた。

「疲れているなら、甘いものか、柑橘系にするといい」

声と同時に背後から手が伸びてきて、自販機のカードリーダーにスマホをかざす。

背中から包み込まれるような姿勢となり、落ち着いた深みのある香りが鼻孔をくすぐる。

「じ、自分で払います」

咄嗟に息を止め、瑞穂は慶斗の手を払って自販機に小銭を入れた。

「遠慮しなくていいのに」

払われた手をそのままポケットに入れながら、慶斗が肩をすくめる。

「遠慮じゃなく、警戒です。千賀観さんに奢られると、後で高くつきそうなので」

慶斗のアドバイスに乗ったと思われるのが嫌で、ついブラックコーヒーを買ってしまう。

――オレンジジュースが飲みたかったのに。

後悔しつつ釣り銭返却レバーに手を伸ばすが、それより早く慶斗の指がオレンジジュースのボタンを押した。

「あっ！」

瑞穂の戸惑いを楽しむように、慶斗は笑顔でオレンジジュースを取り出す。

「ありがとう。このお礼は、高くつくのかな？」

涼しい顔でお礼を言い、慶斗がすぐ側のテーブルに腰を下ろした。

「ジュース一本で、恩着せがましくしたりしません」

釣り銭を取り出し、瑞穂が冷めた口調で慶斗を睨む。

「俺もだよ。ただ、少し君と話がしたかっただけだ」

どこか挑発するみたいな視線を向けてくる慶斗が、自分の向かい側の椅子を足で押す。

「……」

無視するわけにもいかず、蹴られた椅子の背を引き腰掛けた。

仕方なくコーヒーを開けて飲むと、慶斗もオレンジジュースを開けて口に運ぶ。

お互い仕事は山積みで、こんなところでまったりブレイクタイムを取っている暇はないはずなのに、しばらく待っても慶斗が話し出す気配はない。

「それで、ご用件は？」

結局、痺れを切らした瑞穂が先に口を開いた。

自分が飲みたかったオレンジジュースを飲んでいる慶斗への恨めしさから、つい声が尖ってしまう。

「……君は、なににビビッてる？」

「……？」

単刀直入に問いかけてくる慶斗に、瑞穂の眉が一瞬跳ねる。

「さっき君が難しい顔をしたのは、自分のセンスを試されるのが怖いからかと思って心配した」

心配と口にしながら、慶斗の口調はやけに挑発的だ。

「怖がっているわけではありません。ただ、自分は感受性が鈍く、取り立てて趣味もないので、新店舗に役立つような情報は提供できそうもないという事実を正直にお伝えしただけです」

試す前から、業務を放棄していると思われるのは不本意だ。

はっきりと不快感を表に出す瑞穂に、慶斗はからかうみたいな表情を向ける。

「そう？　俺はてっきり、隠しておきたい嗜好でもあるのかと思った。ものすごく乙女チックな趣味とか、萌え系とか」

「はい？」

さっきとは違う意味で、露骨に顔が歪む。瑞穂の表情の変化を面白そうに眺めつつ、慶斗が続けた。

「いろんな意見を出し合い、プランの参考にしたいだけなんだ。なにも格好つける必要はない」

同じようなことを、つい最近、梨香に言った記憶があるだけにイラッとする。

「別に格好つけているわけじゃなく、本当に提供できる情報を持ち合わせていないだけです」

「恥ずかしがるな。どんな趣味でも、俺は笑わないよ。よく考えれば君は、持ち物もシンプルなものが多い。それは本来の自分の趣味を隠すためのカモフラージュなんじゃないのかな？」

「違っ……っ！　勝手な想像をしないでください。単に使い勝手のいい、シンプルなものが好きなだけです。好きなお店だって、ちゃんとありますから！」

見当違いもいいところだ。というか、わざと見当違いなことを言って、からかっているような気がしてならない。その証拠に、ムキになった瑞穂を見て、慶斗がニヤリと笑う。

「ほら、やっぱり好きな店はあるんじゃないか。理由も含めて、今度ちゃんと聞かせてくれ」

そこでようやく、これが彼の誘導尋問だったことに気付いた。

――なんて乱暴な誘導尋問なのよ！

悔しそうに唇を噛む瑞穂に構うことなく、慶斗がさっと立ち上がる。

「自分で自分の気持ちに蓋をするな」

そう、優しく諭すように言った。

「……」

苛立ちを露わにする瑞穂に、慶斗が手にしているオレンジジュースを軽く揺すってみせる。

「このお礼は、高く付けてもらっていいから」

そう言うと、彼は瑞穂をその場に残して休憩室を出て行った。

「ムッ……ムッカつく……！」

だけど、彼のおかげで咄嗟に自分が好きな店が頭に浮かんだのも確かで……

さっきは思いつきもしなかったが、瑞穂にもなんとなく贔屓にしている店があった。

本来の瑞穂の好みからは外れた、少し賑やかで、つい通ってしまう店。

その店に通う理由を突き詰めたら、慶斗に求められているもののヒントが見つかるかもしれない。

相変わらず話の進め方が強引で無茶苦茶だが、気付けば必ず慶斗が望んだ場所に着地している。

そしてそこには、瑞穂だけではたどり着けないのだ。

不満がないわけではないし、相容れる存在でもない。だが彼には、感謝するべきなのだろう。

ただ感情表現が下手な瑞穂が、それを上手く伝えられるとは思えない。

――まあ、仕事のお礼は、仕事で返すのが一番よね。

ならば感謝の意味も込めて、慶斗のサポート役を頑張るまでだ。

そう結論を出した瑞穂は、残っていたコーヒーを一気に飲み干しオフィスに戻った。

「難しい……」

オフィスからエレベーターに向かう途中にある休憩室で一人コーヒーを飲む慶斗は、手にした資料に視線を落として、ため息を吐く。

意味なく前髪を掻き上げながら、昼間、ここで雑談を交わした瑞穂の顔を思い出す。

終業時刻をとっくに過ぎているので、休憩室には他に誰もいない。

暗くなった窓ガラスには、昨日から続いている雨が雫の線を描いている。

こんな天気に一人ため息を漏らしていると、心にカビが生えそうで憂鬱さが増す。それならやめればいいのだが、手にしている瑞穂の書類を読んでいると、ついため息が漏れてしまうのだ。

アシスタントが梨香から瑞穂に交代して以降、すこぶる仕事が捗っている。そのおかげで、今日はほぼ定時に仕事が終わった。

仕事の進みが遅い上に、常に誰かに構われたい梨香の相手から解放された砂山と篠ヶ瀬も、さぞや仕事が捗るのだろう、今日は早々に帰宅していった。

その時のことを思い出し、慶斗は再び重いため息を吐く。

慌ただしく帰宅する二人を見送った際、ふと思い立って瑞穂を食事に誘ってみたのだ。

慶斗としては、本格的にプロジェクトが忙しくなる前に、途中参加となった瑞穂と親睦を深めるのも悪くないと思っての行為だったのだが、バッサリと断られた。

「ジュース一本で、そこまで気にしないでください。もう怒ってませんから」

——あの時、怒ってたのか。

慶斗としてはオフィスを出て行く瑞穂の表情が気になり、ついいつもの調子で絡んでしまったのだが、彼女を怒らせていたとは気付かなかった。

彼女の働きぶりに感謝しているだけに、できればもう少し彼女と距離を縮めたいのだが……

「親睦を深めるためにも是非……」

そう粘ったけれど、瑞穂には淡々とした口調で「私は貴方に熱を上げている他の女子社員のように、ご褒美を求めたりしません。そんなものがなくとも、仕事に手を抜いたりしないので安心してください」と、返されてしまった。しかも、冷ややかな微笑みを添えられて。

これではまるで、自分が色恋を匂わせて、女子社員に仕事をさせているようではないか。

そりゃあ、自分の容姿をまったく意識せずに人と接しているかと問われれば答えは否だ。

友好的な態度を取ることで、職場の人間関係が円滑になるのであれば、それに越したことはないと思っている。だが、相手を勘違いさせるような過剰な接し方をしたことは断じてない。

それなのに、自分が彼女にそういう人間だと思われているのだとしたら、本気で頭が痛くなる。

「どうしたものだか……」

彼女の従姉のように、終始べたべた絡み付かれるのも迷惑だが、あそこまでビジネスライクに徹されても扱いに困る。

できることなら、彼女とはもう少し円満な関係を築きたいと思っているのに。

そんなことをぼんやり考えていると、エレベーターの扉の開く気配がした。つられて視線を向けると、瑞穂が休憩室の前を通り過ぎるのが見えた。

——自分の誘いを冷ややかに断り、早々に帰宅した彼女が何故……？

気付くと立ち上がり、透明なパーティション越しに彼女の行動を窺っていた。

彼女は最近話題の行列ができるスイーツショップの箱を大事そうに抱え、オフィスの中へと入っていく。

全てにおいてビジネスライクな彼女が、この雨の中わざわざ人気の店に並んでまで、誰のために菓子を買ってきたのだろう。

盗み見をしているようで気が咎めるが、気になるものは仕方がない。慶斗はそっと休憩室を抜け出し、オフィスの中を覗いた。

瑞穂は営業部のデスクの前で、若い女子社員と話していた。

——あの女性は確か……

名前までは知らないが、瑞穂が営業部にいた頃、彼女と話しているのをよく見かけたことがある。

彼女は瑞穂の差し出す箱を笑顔で受け取り、箱の中身に弾かれたような笑みを見せる。

そんな彼女に表情をほころばせた瑞穂は、空いた椅子に腰を下ろした。

女子社員の話に耳を傾ける瑞穂は、時折笑顔を交えながら、頷いたり彼女の差し出す書類にアドバイスしたりしている。

昼間、休憩室で慶斗に向けてきた表情とは大違いの和やかさに、若干の戸惑いを感じてしまう。

「なんというか……」

ガラス越しに見える瑞穂と女子社員の和やかな空気——自分が瑞穂に求めているものがそこにはあった。

瑞穂を引き抜いたことは間違っていなかったと思っている。だが彼女は、慶斗が思っていた以上に営業部への思い入れが強かったのかもしれない。

だとしたら自分に対する彼女の頑なな態度は、強引な異動への不満の表れなのだろうか。

仕事を円滑に進めるため、多少強引な行動を取ることはある。だが、無理強いするのは本意ではない。

やはり、彼女の真意を知るためにも、一度ちゃんと話し合う機会を持つべきだろう。

そんなことを考えつつ、しばらく様子を窺っていると、立ち上がった瑞穂が女子社員に向かって軽く手を振る。その姿を確認した慶斗は、急いでドアから離れた。

そのまま休憩室に取って返し、帰り支度をしてエレベーターホールで瑞穂を待ち構える。

「あれ、千賀観さん、帰ったんじゃないんですか？」

そう驚く瑞穂は、さっきより表情が硬い。

そのことを残念に思いながら、逆に瑞穂へ問いかける。

「君こそ、帰ったんじゃなかったのか？」

「ちょっと、後輩の陣中見舞いに」

答えた瑞穂が、なにか思い至った顔で慶斗を見る。

「もしかして、トラブルで呼び戻されたんですか？　仕事なら手伝いますよ。せっかく早く帰ってもらったのに、残念です」

そう言う瑞穂は、心から慶斗に同情しているように見える。

そこには、食事の誘いを冷ややかな微笑みで断った彼女の面影はない。それに、早く帰ってもらったとは？

――どういうことだ？

なにかが心に引っかかる。そして思い至った。

「さっき食事の誘いを断ったのは、俺を早く帰らせるためか？」

怪訝（けげん）な顔をする慶斗に、瑞穂が頷く。

「若い子は、時々気にかけてあげた方がモチベーションが上がりますけど、そうした気遣いは私には無用です。そんな時間があるなら、自分のために使ってください。……って思ったのにトラブルだなんて、お気の毒様です」

もしかして、さっきの冷ややかな笑みは、彼女なりの愛想笑いだったのか⁉

「……クッ」

瑞穂の意図を理解した途端、脱力すると共に思わず声を出して笑ってしまった。

咄嗟（とっさ）に手で口元を隠す慶斗を、瑞穂が不思議そうに見上げる。

「どうかしましたか？」

「なんでもない。ただ……」

なんて不器用な子なんだ。

笑いを押し殺す慶斗に、瑞穂が「お疲れですか？」と、心配そうな表情を見せる。

――彼女はいつも、自分より人のことばかり気にしているな。

「仕事、手伝いますよ。早く終わらせて、ゆっくり休んでください」

そう言ってオフィスに歩き出そうとする瑞穂の肩を、慶斗が掴んだ。

瑞穂が驚いた表情で振り向く。

「なるほど、よくわかった」

「なにがですか？」

「君は、圧倒的に言葉が足りない」

「……愛想がないのは自覚していますが、そう言われたのは初めてです。必要な情報はなるべく詳細に記載しているつもりですが、提出した書類にわかりにくいところがありましたか？」

淡々とした口調で話す瑞穂は、仕事に対してどこまでも真面目だ。

その不器用なまでの生真面目さに、堪えようとしても、つい表情が緩んでしまう。

「千賀観さん？」

口元を手で隠し笑いを押し殺す慶斗を、瑞穂が心配そうに見上げてくる。

「とりあえず、ジュースの貸しでも仕事のご褒美でもなく、今から俺と食事に行ってほしい」

「……？　市場調査ですか？　急ですね」

——何故そんな解釈になる？

「とりあえず、詳細は店に行ってから話すよ。というか、少し話し合おう」

この場でこれ以上問答するより、その方が早い。そう結論づけた慶斗は、エレベーターのボタンを押した。

「わかりました。早く片付けて帰りましょう」

あくまでも仕事と思っている瑞穂は、そう言って慶斗と一緒にエレベーターに乗り込んだ。

有無を言わさずに連れてきたフレンチレストラン。慶斗は向かい合って座る瑞穂の様子を眺めて、小さなため息を漏らす。

「言っておくが、ここのメニューにビールはないよ」

先ほどから、メニューに視線を落としたままじっと考え込む瑞穂に言う。

「……じゃあ」

と、周囲を見渡し、内装や客層をチェックし始める彼女に「ここで、そういう行動はやめてくれ」と、思わずお願いする。

確かに、改めて食事に誘った際、「市場調査ですか？」と聞かれた。説明すると長くなりそうだったので、なにも言わずに店まで連れてきたのだが……

彼女はまだ市場調査だと思っていたらしい。

──なんだかな……

瑞穂は面白いほど、仕事に一途だ。

自他共に認めるワーカホリックの自分が言うのもなんだが、瑞穂の仕事にかける情熱は自分の上をいくかもしれない。上司としては感謝するべきところなのだろうが、仕事に心血を注ぎすぎて、その他の楽しみを排除しているのではないかと心配になる。

そんなことを思っていると、瑞穂が小首をかしげて自分を見ていた。

「ん？」

「では、なんのためにここに来たんですか？　今日の私の装いは、この店にそぐわないと思いますが」

確かに高級フレンチレストランには、ドレスコードが存在する。店にいる女性客のほとんどが綺麗に着飾っていた。

そんな店で、完全にビジネススタイルの自分たちの姿は、確かに少し浮いているかもしれない。

「ごめん。着替えの服も用意するべきだった」

「むしろ、着替える必要のない店に行くべきです。というか、仕事じゃないなら、何故私はここにいるのでしょうか」

「何故って……君と腹を割って話す時間を持ちたかったからだ」

「なんのために？」

「君という人を知るために」

でないと、いつまでたっても瑞穂のことが理解できないままだ。

それは、これからの仕事を円滑に進めるために必要なことだと思っている。だがそれだけではなく、瑞穂という人間をちゃんと理解していないと、一生懸命働いてくれている彼女に申し訳ない気がした。

最初に食事の誘いを断られた時、勝手に拒絶されたと思い込んだ。けれどその実、忙しい自分を気遣って早く家に帰そうとしたのだとわかった。

たぶんこれまでも、彼女の言葉が足りないために、せっかくの気遣いに気付かれないことが多々あったに違いない。

瑞穂に伝えることは絶対にないが、彼女の従姉（いとこ）はことあるごとに「瑞穂には感情がない」というようなことを、小バカにした口調で話していた。

――感情のない人間に、これだけの気遣いができるわけがないだろう。

会社のためを思い、梨香に代わって書類を作成し、頼まれてもいない市場調査に出向き、後輩に気を配る。少し注意深く彼女を観察していれば、その優しさや気遣いに気付きそうなものなのに。

瑞穂はずっとこうして、誰かに感謝されることを求めるでもなく、リーフブルワリーを支えてきたに違いない。そして、そこまで一生懸命になれるのは、この仕事に対する愛情が彼女にあるからだろう。

そんな、瑞穂の頑張りや努力はきちんと報われるべきだ。

同時に瑞穂にけ、そうした努力はいつか報われるのだと思ってほしい。

少なくとも「仕事」の一言で、なんでも呑み込んでほしくはない。

「私のなにが気になりますか？　なにか問題がありますか？」

その声に顔を上げると、小さく首をかしげる瑞穂と目が合った。

慶斗の考えが読めないらしい瑞穂はどこか不安げで、普段淡々と仕事をこなす彼女より幾分幼い印象を受ける。

「まず今回の異動を、君はどう思っている？」

「……最初は思うところがありましたけど、千賀観さんに言われたとおり、ここでの経験は自分の成長に繋がると思っています」

少し考えた後、瑞穂が静かに答える。

その表情に嘘がないか観察していると、逆に瑞穂が質問してきた。

「あの、もし、この食事が急な異動のお詫びという意味でしたら、すでに納得しているので不用ですよ。せっかくの時間を無駄にする必要はないので、帰りますか？」

またもや誤解を招きそうな瑞穂の気遣いに、ため息を吐きそうになる。

――レストランに着いた早々、女性に帰ろうと言われたのは初めてだ。

慶斗は気を取り直して、はっきりと首を横に振った。

「その件に関して、謝罪する気はない。君を必要だと思ったから引き抜いた。そうすることで後々、リーフブルワリーの利益に繋げる自信もある。だが、強引だったのも確かだから、もし君に思うところがあるのなら、今後のためにもきちんと君の気持ちを聞いておきたいと思った」

真摯に向き合う慶斗に、瑞穂が不思議そうな顔をする。

「千賀観さんでも、そんなことを気にするんですか？」

「失礼な。仕事仲間は大事にする。だから君も、俺に本音で話してほしい」

「本音……ですか？」

しばし考え込んだ瑞穂が、思い切ったように口を開いた。

「では、レイクタウン周辺のオフィスに関してなんですけど……」

クロークに預けたバッグに入っている書類を見ながらの方が……と腰を浮かしかける

瑞穂を慌てて引き留める。

「いや。今話してほしい本音というのは、仕事のことじゃなくて」

「じゃあ、なにについて話せばいいんですか?」

形のよい眉を寄せる瑞穂は、本気で慶斗の言わんとすることが理解できていないよ
うだ。

「なんというか、君はもっと肩の力を抜いたらどうだ？　さっきの営業の彼女に見せる
ような態度で、俺や砂山たちにも接してほしいのだが」

「宮下は後輩ですけど、皆さんは私の先輩なのでそんなことはできません」

「なるほど……」

彼女のことだ、後輩が打ち解けやすいように、わざと軽い口調で話しているのだろう。

だが、自分が後輩の立場になると、先輩に気を使ってしまうというわけか。

「君が甘えて打ち解けてくれた方が、みんな喜ぶと思うよ」

部署の中では瑞穂が一番若いのだから、甘えるところは甘えればいいのに。

慶斗も瑞穂が頼ってくれれば、喜んでそれに応じるつもりだ。

「……それは仕事に必要でしょうか？」

本気で理解できないのか、彼女の形のよい眉が完全に八の字を作っている。

「その方が、みんなに君を理解してもらえる」

「理解されなくても、業務に支障はありません」

迷いなく即答する瑞穂に、小さな苛立ちを感じる。

瑞穂自身が理解されることを放棄していては、いつまでたっても彼女のよさをわかってもらえないではないか。

慶斗が反論しようとしたタイミングで、前菜が運ばれてくるのが見えた。

「私、食べるの速い方ですから」

心配しないでくださいと言いたげに、ナプキンを広げながら瑞穂が言う。

急いで食べるから、早く帰って自分のために時間を使ってください。そう言いたいのだろう。

——俺としては、会話でも楽しみながらゆっくり食べてほしいのだが……

少なくとも自分は、瑞穂との食事を楽しむつもりでいた。

正直に言えば、このフレンチレストランは、千賀観の名前がなければ当日に席を取ることなんてできない人気店だ。料理はもちろん、夜景の美しさにも定評がある。

他の女性だったら店の雰囲気だけで喜んでくれそうなものだが、瑞穂には響かないらしい。

そんな瑞穂を見ているとつい心配になってしまう。

「今まで接待で食事する時とか、どうしていたんだ?」

営業にいたのだから、当然そういう機会はあったはずだ。だが慶斗には、相手の機嫌を取りながら食事をする瑞穂の姿がまるで想像できない。

「相手のペースに合わせて食事していましたよ」

――いや。食べるペースのことを心配しているわけじゃない。

「なにか話したりするのか？」

「もちろんです。先方の利益に繋がるアドバイスや情報提供ができるよう、常に心掛けていました」

「……なるほど」

扱いに困る面はあるが、確かに自分も瑞穂の知識と視点を信頼している。

だけど……。

「それも一つのやり方だが、相手によっては食事を楽しみたい人間もいるだろう？　そういう場合、一緒に食事を楽しむのも悪くないと思うのだが」

「……下手に楽しむと、いろいろ求められそうで怖いじゃないですか」

途端に難しい表情を見せる瑞穂に、セクハラという単語が浮かぶ。

いつも眼鏡に地味なスーツ姿で、申し訳程度のメイクしかしていない瑞穂だが、顔の造り自体はとても綺麗だった。

もしかして過去に、そういったトラウマがあるのか。だから、わざとぶっきらぼうな態度を装っているのだとしたら……

内心焦り出す慶斗に気付くことなく、瑞穂はずれた眼鏡を直しながら口を開いた。

「コメントとか反応を……」

「なに？」

「美味しいとか楽しいとか、下手に感情を見せると、会話を広げる義務が生じるじゃないですか。それが苦手なんです。私は相手の望むような反応ができなくて、その場の空気を悪くしてしまうので」

――苦手って……頑張れよ。

焦った分、脱力してしまう。

「それならそれで、気まずい空気を楽しめばいいだろ」

「……」

なんでもないことのように返す慶斗に、瑞穂がぐっと眉を寄せた。

「人は感情が見えた方が、安心するし親しみが湧く。仕事においても日常においても、周囲に打ち解けやすくなるし、相手も受け入れやすくなる」

人生の先輩としてのアドバイスをする慶斗に、瑞穂がハッキリと納得のいかない表情を見せた。

おそらく、仕事が滞りなく進行するのであれば、打ち解ける必要などないと言いたいのだろう。

今までも慶斗の意見に納得がいかない時は、遠慮なく反論してきた瑞穂だ。

どんな反論をしてくるのだろうかと、どこか楽しみながら言葉を足す。

「後輩を思いやるのと同じ気持ちで、先輩に甘えたり頼ったりしてみないか？　わかりやすく感情を見せるのも、相手への優しさだと思って努力してみないか？」

慶斗の言葉に、瑞穂が一段と難しい顔をする。

きっと彼女の頭の中では、あれこれと彼女なりの持論が駆け巡っているのだろう。

――さあ、どんな反論をしてくる？

楽しみに待ち構えていると、まったく予想外の質問が飛んできた。

「千賀観さんは、百メートルを九秒台で走ることができますか？」

「まさか」

オリンピック選手でもないのに、無理に決まっている。

首を横に振る慶斗に、瑞穂が重ねて問いかけてきた。

「でも、センガホールディングスの社長になる才覚が自分に備わっていると考えていらっしゃるんですよね？」

「まあ、そうだな」

素直に認める慶斗に瑞穂が頷く。

「私も、それと同じです」

「……?」

なにがどう同じなのか、彼女の話がさっぱり呑み込めない。

視線で理由を問う慶斗に、瑞穂が淡々と説明を始めた。

「私は、才能というのは神様に与えられた可能性のチケットなのだと思います。もちろん一流になるには本人の努力もあるでしょうけど、才能を持たない人間がどれだけ努力しても、オリンピックに行くのは難しいですよね」

「はあ、まあ……」

さすがに飛躍しすぎた話に、呆気に取られた。だが、瑞穂はいたって真剣な様子で話している。

「千賀観さんは、優秀な経営者になれるチケットを持っているから、将来それを叶える可能性がある。でも、陸上選手に必要なチケットは持っていないから、どんなに努力してもオリンピック選手にはなれない。でもそれは、千賀観さんが人として劣っているということではないし、誰も千賀観さんにそんなことを期待したりしません。要は向き不向きの問題です」

「ああ……」

ようやく、彼女が言わんとすることが見えた気がした。

「私も、それと同じです」

毅然とした態度で瑞穂が慶斗を見つめる。

なるほど、要は自分には社交的な付き合いの才能がないから、ほっといてくれと言いたいらしい。

彼女らしいと言えば彼女らしい意見だが、取り付く島がなさすぎる。瑞穂自身が理解される努力を放棄してしまっていては、彼女を取り巻く環境は改善されない。

その証拠に、彼女の従姉は、瑞穂をいいように利用しておいて、慶斗の前では彼女を小バカにするような発言をしていた。

それにこの先、どんなに友好的に接してくる人間が現れても、拒絶していると思われ相手が離れていってしまうのではないかと心配になる。

――この考え方は、彼女のためにならない。

小さく首を振る慶斗が、穏やかな口調で意見する。

「君はもう少し、物事を柔軟に捉えた方がいい」

瑞穂はまた眉を寄せる。

「なにが自己の利益か、判断できる程度の知能は持ち合わせています。私の言動が会社に損害を与えるのであれば考え直しますが、欠如した才能を補うべく仕事の処理能力を磨いているつもりです」

本当に、取り付く島がない。

「まあ、確かに」

自分の苦手分野を理解し、それを補うための努力を惜しまないのは彼女の長所だ。

それを否定する気はない。

瑞穂の能力の高さを認めているだけに、その持論に納得するしかないのだが……

いらぬお節介を焼いたと肩をすくめる慶斗の前で、瑞穂が満足そうに頷いている。

その表情から察するに、意地になっているというより、本気でそれでいいと思っているのだろう。

なんて愚直で不器用で、生真面目な子なのだろう。

きらびやかに着飾り、少しでも自分をよく見せようと見栄を張る女性に囲まれることが多い慶斗には、その不器用さが新鮮で愛おしく感じられる。

――ああ、そうか……

自分の中に、一つの答えを見つけた気がした。

「なあ、一つ提案があるのだが」

「……なんでしょう？」

真っ直ぐ視線を向けてくる瑞穂に、慶斗が笑みを浮かべてその提案を口にする。

「俺と付き合わないか？」

「はい？」

瑞穂がキョトンと目を丸くした。

「どうやら俺は、君が気になってしょうがないらしい。しかも、かなり好意的な目で君を見ている。それならいっそのこと、付き合ってみるのがいいと思うのだが、どうかな？」

この気持ちが明確な恋愛感情かと問われれば、まだはっきりとした自信はない。それでも不器用な瑞穂を愛おしく思っているのは事実だ。

自分の肩書きに媚（こ）びることなく、一人の人として扱い、遠慮なく言いたいことを言ってくれるところに好感を持っている。

本当の瑞穂が周囲に理解されていないことに苛立ち、柄にもないお節介を焼いてしまったのも、つい彼女にあれこれちょっかいをかけてしまうのも、瑞穂が気になっているからだ。

不器用で愛想に欠ける彼女が愛おしい。

そう簡単に自分を変えられないというのであれば、自分が彼女を守ってあげたいと思う。そう考えると、この感情はもう恋と呼んでもいいのではないかと思うのだ。

「どうやら……とか、かなり……とか、随分不確定要素を含んでいるようですが？」

「すまない、あまり自分から女性を口説（くど）いたことがないもので……」

悪びれる様子のない慶斗の態度に、瑞穂が目を吊り上げて体を震わせる。

「じょ、冗談はやめてください！」

「本気だと言ったら？」

これまでの人生で、慶斗は女性に不自由したことはなかった。積極的に女性を口説いたこともない。そんな自分が、こちらから口説いてでも付き合いたいと思うのだから、本気なのだろう。

ただ、本気の程度を問われると説明が難しいのだが……

「本気で、君と付き合いたいと思っている。もっと洒落た告白をお望みなら、再度機会をセッティングさせてもらうが？」

クルリと周囲に視線を向ける慶斗が、夜景が一望できるフレンチレストランでは不満でしょうかと、視線で問いかける。

そんな慶斗の視線に、瑞穂は眉間を押さえてため息を吐く。

「そ、そういう問題じゃないです」

瑞穂の反応は予想の範囲内だ。

ただ慶斗は、一度狙った獲物を簡単に諦めるほど、聞き分けのいい性格ではない。

強気な笑みを浮かべて言う。

「では、このまま話を続けよう……」

「遠慮しますっ！」

慶斗の言葉を遮るべく、瑞穂が勢いよく拒絶した。

その声が思いの外大きかったのか、周囲の視線が集まる。それに気付いた瑞穂は、声のトーンを少し落として続けた。

「あ……生憎ですが、私は恋愛に向いていません。ですから他を当たってください」

「それは、恋愛経験がないということか？」

小さく驚く慶斗に、瑞穂が失礼な、とばかりに目を細める。

「過去に恋愛経験の、一つや二つくらいあります」

「奇数？　偶数？」

「……」

つい突っ込んで聞いてしまった瞬間、瑞穂の顔が能面のごとく無表情になってしまった。

その反応から、奇数とみた。

「たった一回の失恋で、恋愛に向いてないと決めつけるな」

「私……学習能力が高いんです」

――本当に、ああ言えばこう言う。

そのことに苦笑いしつつ、慶斗が言いはなつ。

「学習能力が高いなら、俺のしつこさも学んでいるな。もう一度言う。試しに俺と付き合ってみないか？」

　あくまでも強気な表情を崩さない慶斗に、瑞穂が口をパクパクさせる。

「……じ……辞退します」

　やっとの思いで声を絞り出す瑞穂に、慶斗は首を横に振る。

「却下だ」

「却下って……」

「覚悟しておくといい。俺は惚れるとしつこいぞ」

　心底嫌そうな顔をする瑞穂にそう宣言して、慶斗は告白を祝うがごとく、グラスを掲げて食事を再開した。

3　君へのエール

　その日の朝。始業時刻に余裕を持って出社した瑞穂は、休憩室の自販機脇に設置されているベンチで資料を確認していた。

　今週末に予定されている会議で、外部アドバイザーを交え、新店舗の目玉商品について意見を出し合うことになっている。

それまでに自分の意見をまとめるべく空き時間を使って資料をチェックしていると、誰かが前に立つ気配がした。

「おはようございます、先輩。忙しそうですね」

顔を上げると、人懐っこく笑う杏奈がいた。

「ああ、おはよう」

「始業前から仕事なんて、相変わらずですね」

同情めいた顔をする杏奈に、瑞穂が微笑む。

「仕事が始まるまで暇だから、資料を確認してたの」

「……ホントに相変わらずですね」

苦笑いしつつ、杏奈が瑞穂の隣に腰を下ろした。

「どこに異動しても、与えられた仕事をするだけだし、変わりようがないでしょ」

「……わざとらしい」

低く押し殺したような声が聞こえてきた次の瞬間、自販機から商品の転がり落ちる音が響いた。

「――?」

見ると、長い髪の女性が上半身を曲げて取出口に手を伸ばしているところだった。

タイトなスカートとヒールの高いパンプスで腰を曲げる姿は、女性の綺麗なヒップラインを見事に際立たせている。

女性らしい白く細い指は、明るい色のネイルで彩られていた。

ゆっくりと姿勢を直し、顔にかかる髪を掻き上げる彼女に、瑞穂が声をかける。

「おはよう、梨香。久しぶり」

同じ会社にいても、部署が違うと意外に話さないものだ。

突然の辞令以降、梨香と言葉を交わすのは初めてかもしれない。

「そういうの、嫌味よ」

梨香が険のある眼差しを向けてくる。

「そういうの？」

「久しぶり……とか、休む暇もなく忙しく仕事してます……的なアピールのことよ」

視線だけでなく、声にも棘を感じる。

虫の居所が悪い梨香が、些細なことで八つ当たりしてくるのは、今に始まったことではない。

子供の頃から愛想のよかった梨香は、不機嫌な時との落差が激しい。

それに反応してこちらまで感情的になるのは大人げないので、瑞穂は極力、不機嫌な時の梨香の発言を受け流すことにしている。

「別に、そんなアピールしてるつもりないけど」

瑞穂は淡々とした声で答える。

その声に、梨香がキュッと唇を噛んだ。でもすぐに、意地の悪い笑みを浮かべる。

「瑞穂、そういう演出上手(うま)いよね」

「演出……？」

「いっつもそう。さも興味ありませんってふりして、美味(おい)しいとこだけ持ってくの」

なにを言われているのかわからずキョトンとする瑞穂を、梨香がキッと睨(にら)みつけた。

「私と張り合えるなんて思わないでよっ」

そう吐き捨て、彼女は休憩室を出て行った。

「……」

二人のやり取りを黙って見ていた杏奈が、そっと耳打ちしてくる。

「先輩が王子様と仲良くしてるのが、面白くないんですよ」

「はい？」

王子様というのは、もちろん慶斗のことだ。

「仲良く……って、仕事で一緒にいるだけよ」

杏奈にそう答えながら、瑞穂は先日のことを思い出す。

よくわからないまま慶斗に食事に連れて行かれ、突然告白されたのは一週間前のことだ。

あれ以降、二人の間になにか変化があったかといえば、これといってなく、お互い淡々と業務をこなしている。あまりに変わらないので、最近では、あれはやっぱり彼の冗談だったのだと思っているくらいだ。

「他の女子からしたら、王子様と一緒に仕事してるだけで、仲良く見えちゃうんですよ。先輩と千賀観さん、美男美女で絵になるし」

「……えぇ？」

確かに慶斗は美男だが、自分はせいぜい彼の引き立て役だと思うのだが。

納得のいかない視線を向けると、杏奈がもっともらしく話して聞かせる。

「梨香さん、千賀観さんが先輩の仕事を高く評価してるから、それも面白くないんですよ」

「彼に特別、仕事を評価された覚えはないけど……」

「そんなことないですよ。だって私が、千賀観さん本人から直接聞いたんですから間違いないです」

「はい？　宮下と、千賀観さんが直接話す機会なんてないでしょ？」

「それが、最近できたんですよ！」

悪戯（いたずら）っ子のような顔をする杏奈が、瑞穂の鼻先に指を向け満面の笑みを浮かべる。

「千賀観さんに、『先輩元気にしてますか？』って聞くと、親切にいろいろと教えてくれるんです」

「なっ!?」

——人をダシに、なにをしているんだ、この子は！

席は離れたが同じフロアにいるのだ。わざわざ慶斗に安否確認をしなくても、瑞穂が元気かどうかくらいわかるだろう。

呆れる瑞穂の横で、杏奈がガッツポーズを作る。

「先輩の言うとおりですね。先輩の下でコツコツ仕事を頑張ってきたおかげで、仕事の神様がご褒美に王子様とお友達にしてくれました！」

「いや。私の安否確認をする関係を、お友達とは言わないと思うけど……」

げんなりする瑞穂に、杏奈が「これからもっと仲良くなるんです！」と力説してきた。

「そんなことより、千賀観さんに先輩の様子を聞くと、必ず先輩のこと褒めてくれるんですよ。先輩は視野が広くて着眼点もいいから、資料集めを安心して任せられるとか、先輩が来てくれたおかげで残業が減ったとか。千賀観さん、他の人にも同じように話してるみたいで、先輩のことを見直す人が増えているみたいですよ」

「そう……なの？」

——なんで、千賀観さんがそんなことを……

他人に理解されないことなど、自分にとってはたいしたことじゃないのに。

慶斗の意図がわからなくて戸惑っていると、杏奈がニヤリと笑った。

「まぁそんなわけで、千賀観さんがことあるごとに先輩を褒めるもんだから、梨香さんは面白くないし、嫉妬しているんですよ」

「なにそれ……」

いつものことではあるけれど、とばっちりもいいところだ。

再びげんなりする瑞穂に、杏奈がはしゃいだ声で言う。

「王子様と仲良く仕事するなら、女子のやっかみなんて、支払い義務が生じた税金くらいに思っておくしかないですよ」

「そんな納税義務、ほしくない」

そもそも、梨香がいい加減な仕事をしていたのが原因ではないか。

本当に面倒くさい。

瑞穂は眼鏡を外し、レンズを拭いてかけ直す。

「とりあえず、千賀観さん忙しいから、私の体調は私に聞くように」

立ち上がりながらそう言うと、杏奈が笑顔で指をヒラヒラさせる。

「見ればわかるから、聞かなくても大丈夫です」

コラコラとツッコミを入れたくなるが、愛嬌のある杏奈に言われると、何故か憎めない。

人懐っこい笑みを浮かべる杏奈に軽く手を上げ、瑞穂はオフィスに戻った。

オフィスに入り自分のデスクに座った瑞穂は、すぐ側から聞こえる甘ったるい声に眉を寄せる。

慶斗のデスクへ視線を向けると、梨香が甘えた声で彼に話しかけているのが見えた。

「今後のために、自分の会社以外のことも知っておきたいんです」

全然知識がないから、いろいろ教えてください……と、甘えた声で話す梨香を見ていると、店舗開発部の仕事が遅れていた理由が見えてくる。

声に香りがあるのであれば、彼女の愛用するトワレと同じくらい甘い匂いがするだろう。

「私と張り合えるなんて思わないでよっ」と言った梨香は、悪い方に頑張り始めたようだ。

ただでさえ注目されている慶斗に、社長の娘である梨香がまとわりつく姿は、嫌でも人の目を引いてしまう。瑞穂に一足遅れてオフィスに入ってきた杏奈も、気付いた瞬間、眉をひそめた。

そんな周囲の視線をものともせず、梨香は始業時刻が過ぎても慶斗の側から離れようとしない。しかも質問は、社長の娘がそれでいいのかと思うほど基本的なことばかり。

チラリと慶斗に視線を向けると、どう見ても迷惑そうにしている。

梨香は、誰かになにかを教えてもらうということが、教える側と教えてもらう側、二人分の時間を消費することだと理解しているのだろうか。

――しかも聞いておいて、メモすら取ってないし。

梨香の目的はクラフトビールについて知ることではないだろう。それが見え見えだからこそ、周囲の空気も悪くなる一方だ。

このまま見て見ぬふりをしているのは、さすがにマズイような気がしてくる。

――本当に面倒くさい。

小さくため息を吐いた瑞穂は、自分のデスクから本を二冊持って立ち上がった。

「クラフトビールについて知りたいなら、まずはこの本を読んでみたら？」

梨香に歩み寄り、瑞穂はできるだけ表情を変えずに本を差し出す。一冊は国産クラフトビールの歴史について書かれた本、もう一冊は海外におけるクラフトビールを図鑑形式で紹介している本だ。

「私、本読むの遅いから……」

差し出された本に視線を落とした梨香が、ほんの一瞬、瑞穂を迷惑そうに睨(にら)んだ。

それこそ、しばらく梨香が静かになって、皆は願ったり叶ったりだろう。

「私の私物だから、返すのはいつでもいいよ」

「ああ、その本はどちらも読みやすい。初心者にはおすすめだよ」

瑞穂の言葉に、すかさず慶斗が乗ってきた。ついでに梨香に向かって微笑むのを忘れない。

「じゃあ……、読んでみようかな」

微妙な表情を浮かべる梨香は、瑞穂から本を受け取った。その間に慶斗はメールチェックを始めており、梨香も自分の席へ戻るしかなくなる。

俯いた梨香は、すれ違いざま瑞穂の肩に強くぶつかってきた。

「……っ！」

「せこいやり方」

そう言って、梨香は不機嫌さを隠すことなく自分のデスクに戻っていく。

その後ろ姿を見ながら、瑞穂の口からため息が出る。

「助かった」

小さな声で慶斗が言う。

「……仕事しましょう」

もう何度目かわからないため息を零しつつ、瑞穂も自分のデスクに戻った。


そのまま仕事に集中していた瑞穂は、休憩がてらトイレに立った。個室から出て手を洗いながら、何気なくゴミ箱に視線を落とした瞬間、表情を強張らせる。

「……なんで」

ゴミ箱には、さっき梨香に貸したのと同じ本が捨てられていた。

――偶然……？

するといつ、背後から「ほんとせこいよね」と、声がした。

弾かれたように顔を上げると、鏡越しに梨香が睨みつけてくる。

「梨香！」

このタイミングで、偶然はありえない。ということは、ゴミ箱の中の本は、先ほど貸した瑞穂のものだろう。

――私の後をついてきて、見せつけるみたいに本をゴミ箱に捨てるなんて……

決して男性社員の目につかない女性用トイレでやるところに、梨香らしさを感じる。

「千賀観さんの前で、私を陥れるのやめてくれる」

「はい？」

「私の仕事盗んだくせに、それだけじゃ足りないの!?」

突然、声を荒らげる梨香の剣幕に、瑞穂は目を丸くする。

「せっかく千賀観さんと話してたのに、いきなり割り込んできて、さも私が勉強不足みたいなこと言わないでよ。いくら千賀観さんを独り占めしたいからって、わざと私のイメージ悪くすることないじゃない」

「……」

あまりの言い分に、言葉が出てこない。

梨香が言いたいことはわかったが、あの状況からなにがどうなったらそうなるのか。どうやら梨香には、瑞穂とは違うものが見えているらしい。

――大体、人から借りた本を捨てる？

捨てられた本を拾おうか悩む瑞穂に、梨香が噛み付くように言う。

「千賀観さんが誰にでも優しいからって、変な夢見ないでよっ！　千賀観さんは、私のものなんだから!!」

変な夢とは……¡。呆れすぎてキョトンとする瑞穂に、梨香が勝ち誇ったように笑う。

「パパだって、私の代わりに瑞穂にサポート役を任せたのは、女子力ゼロのあんたなんかに千賀観さんは変な気起こしたりしないからだって言ってたもの」

おそらく異動の辞令を出す際、平助がそう言って梨香を宥めたのだろう。

平助の意見を否定する気はないが、それを勝ち誇ったように自分に言ってなんになる。

別に最初から張り合う気のないことで負けても悔しくはないのだが、さんざん言いがかりを付けられた挙句にこの態度は、さすがに不愉快だ。

思わず漏れるため息に、不快さを隠しきれない。

そんな瑞穂の態度を見て、勝ち誇っていた梨香の表情に不機嫌の色が浮かぶ。でも今は、宥める気にはなれない。

「確かに私は恋愛に興味ないし、千賀観さんとも仕事上の付き合いしかないよ。梨香も、千賀観さんが自分のものだって言うなら、そんなふうに騒がなくていいでしょ？」

くだらないという気持ちを隠しきれない瑞穂の言葉に、梨香の表情がさらに険しくなる。

「……なっ！」

瑞穂は、誰かを所有物のように扱う考え方が好きではないが、考え方は人それぞれだ。今はとにかく、このくだらない会話を早く終わらせたかった。

「社内恋愛は自由だし否定する気はない。けど、業務時間内は仕事をして。変な言いがかりを付けられて、絡まれるのも迷惑よ」

普段の瑞穂なら、機嫌の悪い梨香の神経を逆撫でするようなことは絶対に言わない。でも貸した本を捨てられた上に、ここまで一方的なことを言われては、さすがに黙っていられない。

これ以上絡まれるのは御免。そんな思いで、瑞穂は振り返ることなくトイレを出た。

閉めた扉の向こうで、ゴミ箱を蹴飛ばすような音が響く。

瑞穂は両手で強く耳を塞いだ。

そうしないと、なにかが込み上げてきそうだったから。

自分は感受性が弱い……だけど、自分の言動を棚に上げた梨香から一方的に非難されて、なにも感じないほど鈍感でもない。

ただ自分の感情を、どう表現したらいいのかわからないだけだ。

誰もが当たり前にできている感情表現が上手くできない自分は、人としての感情が欠けているのだろう。それなら、あまり感情を揺らさないで生きていく方がいいと思った。

そうしないと吐き出し口のない心に、嫌な気持ちが溜まっていってしまう。

そんな瑞穂にとって、常に他人との感情共有が求められる恋愛は、禁忌中の禁忌だ。

だからもう二度と恋なんかしないと決めて、仕事に邁進してきたのに……

慶斗と出会ってから変なことに巻き込まれっぱなしだ。

「でも……」

慶斗はあれ以来、告白について口にしたことはなかった。

だったら、このままなかったことにしてもいいだろうか。

その方が、自分にとっては望ましい……

スッキリはしないが、これ以上考えても答えは出ないだろう。

「よし、本は買い直そう」

ついでに、面白い本があったら買い足すのもいいかもしれない。

あれこれ悩むことを放棄した瑞穂は、関係ないことを声に出して無理やり気持ちを切り替える。そしてそのまま仕事に戻った。

瑞穂がオフィスに戻ると、待ち構えていたようにこちらに視線を向ける人と目が合った。

——あれは……

瑞穂が異動となり、代わりに営業部に配属された新入社員だ。名前は確か、広末といっただろうか。

「栗城さんっ」

瑞穂と目が合うなり、受話器を持つ広末が切羽詰まった様子で声をかけてきた。

「どうかした？」

彼女のただならぬ様子に急いで歩み寄ると、受話器を差し出される。チラリと目をやると保留ボタンが押されていた。広末は声を抑えて、早口に話す。

「イベントブーンって会社わかりますか？　そこの中居さんって方からの電話なんですけど、話がよくわからなくて……」

すみませんと、広末が困り顔で見つめてくる。

イベントブーンとは都内にあるイベント企画会社で、瑞穂が営業をかけ、イベントで需要がある際にはリーフブルワリーの商品を使ってくれるようになった会社だ。

瑞穂が異動になった際、同期の市ヶ谷に引き継いだはずだが。

オフィスを見渡すが、営業部には広末以外のスタッフが見当たらない。

「わかった。とりあえず代わるね」

瑞穂は受話器を受け取り、通話ボタンを押す。

お久しぶりですと挨拶を交わし、相手の話を聞いていくと、今日のイベントで使う商品の入荷時刻を知りたいとのことだった。

とりあえず出しっ放しになっている市ヶ谷のデスクの書類を確認したが、それらしい発注書類は見当たらない。

確認次第、至急折り返す旨を伝えて一度電話を切り、すぐに市ヶ谷へ電話をかけた。

すると話を聞いた市ヶ谷は、面倒くさそうに、その件は広末か杏奈に振ったからそっちに聞いてくれと言ってきた。広末の態度から察するに、彼女はなにも聞いていないだろう。杏奈に電話して確認するが、彼女もそんな話は聞いていないと言う。

自分が情報を落としたのだろうかと焦る杏奈を、こちらで対応するからと宥めて、再び市ヶ谷に電話をかけた。

「言っといたと思ったんだけどな……」

市ヶ谷は、歯切れの悪い返事をする。その口調から、彼自身ちゃんと伝えたか確信がないのだろう。

——大事なことは書面なりメールなり、再確認できる形で残せ！

そう叱りつけたくなるのをぐっと堪え、受けた注文内容を確認する。しかしそれも曖昧で、デスクを探せば正しい内容がわかるが、出先ではわからないと言う。

ではどうすればいいか判断を仰ぐと、市ヶ谷は苛立った声で非難してきた。

「そもそも、栗城が拾ってきた仕事だろ。出世したからって、こっちに丸投げされても困るんだよ」

梨香との一件でもやもやしていた瑞穂の心に、市ヶ谷の言葉が不快な棘となって刺さる。

「……それでも今の担当が市ヶ谷さんである以上、責任を持って指示を出してください」

苛立ちを隠せない瑞穂に、電話口の市ヶ谷が大きなため息を吐いた。

そして短い沈黙の後、市ヶ谷が冷たく言い放つ。

「栗城が取ってきた仕事なんだから、お前がなんとかすれば」

「なっ」

「じゃなきゃ、お前が頭を下げて泣きつくんなら、こっちで動いてやってもいいぜ」

――何故私が泣きつかなきゃいけない！

梨香といい、市ヶ谷といい、仕事をなんだと思っているんだ。

立て続けに嫌なことが重なって、さすがの瑞穂も冷静に対応する気力がなくなる。

「結構です。こちらで対応します！」

そう言い捨てて、市ヶ谷の言葉を待たずに電話を切った。

——市ヶ谷さんとやり合ってても、時間の無駄だ。

瑞穂はすぐにイベントブーンの中居に電話をかける。

嘘をついてもタイムロスが生じるだけだ。腹を括り、社内の情報伝達が上手くできておらず発注がされていないことを正直に告げた。

不手際を丁寧に謝罪し、今すぐ手配するので注文した商品を再度教えてほしいと頼む。

——うっ……

中居が口にする商品をメモしながら、瑞穂は顔をしかめる。

注文された商品の中に、都内の倉庫に在庫がないものが含まれていた。

——あるのは、静岡の醸造所か……

夜七時開幕のイベントで使うので、それまでに届けてくれればいいと話す中居に重ねて謝罪した瑞穂は、店舗開発部の慶斗に視線を向けた。

彼は書類片手にパソコンと向き合っている。慶斗は確か、今日の午後からセンガホールディングスの会議に赴き、そのまま直帰すると聞いている。おそらくその準備をしているのだろう。

必要な資料さえ仕上がれば、今日は瑞穂に至急の用がくることはないはずだ。

どうすればいいかわからずオロオロする広末に、この件は自分が処理するから他の仕事をするよう指示して営業部を離れた。

「千賀観さん、すみませんが、今日の午後から半休をいただいてもいいですか？」

「構わないが、どうかしたか？」

「私用です」

「――？」

慶斗が、パソコンから視線を上げて瑞穂を見る。

その表情は、驚きと興味で輝いているように感じた。

普段プライベートがないに等しい瑞穂が「私用」と口にしたことで、彼の好奇心をくすぐってしまったようだ。

「……やっぱり仕事です」

面倒くさいことにならないよう、無表情で訂正する。

「仕事？　それなら半休を取る必要はないだろう」

瑞穂はもう営業部の所属ではない。だから、これは今の瑞穂の仕事の範疇（はんちゅう）を超える。

まして、業務時間内に店舗開発部とはまったく関係ない荷物を取りに行くわけにはいかない。

「いえ、ちょっと遠出をしたいので……」

「遠出？」

つい口にしてしまった言葉に、面白がっていた慶斗の表情が変わる。

「……あの」

どうしたものかと悩む瑞穂に、慶斗が有無を言わせない調子で「話せ」と、命じてきた。

——正直に話したら、面倒なことになりそうな気がする……

そんな瑞穂の頭の中が透けて見えたのか、慶斗がニヤリと笑う。

「俺を完璧に騙し抜く自信がないなら、正直に話せ。時間の無駄だ」

「ご、ごもっとも……」

慶斗のしつこさは重々承知している。

下手な嘘をついても、勘の鋭い彼に見抜かれ、しつこく追及されるのがオチだ。

——こんなことなら、歯が痛いとか言っとけばよかった。

そう思っても覆水盆に返らず。

瑞穂はがっくりと項垂れつつ、慶斗に事情を説明した。

「晴れててよかったな。道も空いているし」
ハンドルを握る慶斗が、ご機嫌な様子で助手席の瑞穂に声をかけてきた。
「……そうですね」

助手席で窓ガラスに額を押しつけている瑞穂が、力なく返事をする。

――なんか、変なことになってしまった……。

あの後、渋々事情を説明し、自社の信頼のためにも都内に在庫のない商品を静岡の醸造所まで取りに行きたいと話した結果、何故か慶斗が午後の予定を変更して同行することになってしまった。

もちろん丁重にお断りしたのだけれど、言い出したら聞かないこの王子様が耳を貸してくれるはずもなかった。

「新店舗のメニューのこともあるし、一度視察しておきたかったんだ。仕事として」

不機嫌な顔をする瑞穂に、慶斗がわざわざ「仕事」を強調してくる。

「……」

相変わらず、瑞穂の扱い方を承知している。

反論はしないが納得もしない瑞穂に、慶斗が呆れたような声で言った。

「俺が一緒じゃなかったら、新幹線で商品を取りに行くつもりだったんだろ？　それこそ、無茶が過ぎるぞ」

「大丈夫ですよ。向こうにある折りたたみのキャリーを借りれば、一人でも運べる量です。それに、ウチの商品は上面発酵……いわゆるエールタイプのビールだから、香りを楽しんでいただくために通常のビールより冷やす時間は短い。会場に運んでから冷やしても十分間に合います」

欲しいのは五〇〇ミリリットルの缶ビールを三ケース。ぎりぎり瑞穂一人でも運べるはずだ。

なにも考えていないわけではないと、瑞穂は反論する。

「そんなことしたら、他の乗客の迷惑だろう。社名の入ったダンボールを引きずって歩いて、ネットに写真入りで『リーフブルワリー邪魔』とでも書かれたいのか？」

「……っ」

いよいよ反論できなくなった瑞穂に、慶斗が口調を優しいものに変えて問いかけてくる。

「今回の件、君は誰が悪いと思う？」

「え？」

「発注を受けたという君の同期？　頼まれた記憶のない後輩？　それとも他の誰か？例えば、君を異動させた俺とか？」

その言葉に瑞穂は、まさかと大きく首を振る。

「誰が……というか、連絡体制を整えていなかった営業部全体のミスだと思います。異動する前に、その辺の体制を見直しておくべきでした。ただ、市ヶ谷さんのその後の対応には、問題を感じます」

瑞穂の言葉に、慶斗は前を見たまま「なるほど」と頷く。でもその表情は、少しも納得していない。

「では誰も悪くないのに、どうして君一人が、責任を感じて静岡まで出向く？」

「そ、それは……」

「今は営業じゃない君が、仕事を休んでまで営業の尻ぬぐいをする。それは正しいことだと思うか？　それに、さっきも言ったが、君が一人で荷物を強引に運び、もし配慮が行き届かず誰かに迷惑をかけたらどうする？　それこそ自社の不利益になるんじゃないか？」

口調は柔らかいのに、話す内容は厳しい。瑞穂は自分の考えのなさを突きつけられ、どんどん居たたまれなくなっていく。

「……そこまで考えていませんでした。すみません」

助手席で肩を落とし、運転する慶斗へ頭を下げる。

「君の意見は基本的にいつも正しい。だけど正しすぎる意見は、時として相手を追い詰める。厳しいことを言うようだけど、君の接し方が違えば、注文を落とした同期の彼も、もう少し違う態度が取れたかもしれないよ」

「……でもっ」

いつもみたいに反論しようとしたが、続く言葉が出てこなかった。

慶斗の示す可能性を、少しも考えなかった自分が恥ずかしい。

「以前君は、自分の言動で会社に損害を与えるようなことはしないと言っていたが、この状況はどうだ？　もし、君が仕事を休んで営業のミスを処理するのを、俺が上司として承諾しかねると言ったらどうする気だった？」

「それは……」

その可能性は、考えていなかった。

最初から心のどこかで、慶斗は頼めば、どんな理由であれ半休をくれると決めつけていた。

その状況を想像し困り顔を見せる瑞穂に、慶斗が言う。

「君を止める権利が、俺にはあった。でもそうすれば、君はすごく困ったはずだ。もしかしたら、会社の評判も落ちていたかもしれない。だから俺は止めなかった。それに、君を一人で行かせても、荷物を無事に運べるか心配だったからね」

強引で勝手だと思っていた慶斗が、そこまで深く考えてくれていたことに驚く。と同時に、彼の思慮深さに今まで気付きもしなかった自分が恥ずかしくなった。

「すみません」

熱くなる頬を押さえて、瑞穂が謝る。

「謝る必要はない。だけど学べ。自分が、正しさを押し付けられずに助かったと思うなら、今日助かったと思った分だけでもいい。誰かの間違いを受け入れられる寛容さを持つんだ。自分が許された分だけでもいいから、人を許してみろ。それだけで、もっと仕事が楽になる」

そう話す慶斗がチラリと視線を向け、ついでとばかりに付け足した。

「これからも仕事を続けていくなら、上手なかわし方を覚えるのも仕事のうちだよ。毎回、自己犠牲で物事を解決していくと、いつかパンクするぞ」

「……私は、そこまで繊細にできてないから大丈夫です」

つい反論する瑞穂に、慶斗が重いため息を吐く。

「君は、繊細で優しい人だよ。でなければ、あんなに丁寧な仕事ができるわけがない」

「……？」

資料作りのことだろうかと思う瑞穂に、慶斗はそれだけじゃないと首を横に振る。

「例えば、君に資料作成を頼むと、項目ごとに違う色のクリップで留めてくれる。順を追って情報が入ってきやすいよう考えて、資料を重ねておいてくれる。俺が気にしそうなページには、付箋を付けておいてくれる。そうしなくても誰も困らないけど、してもらえると助かる仕事をしてくれるのは、相手を思いやる気持ちに長けている証拠だよ」

お説教された後に、何気なくしていたことを褒められて、どんな顔をしていいかわからなくなる。

「君はいつも、資料を受け取る側のことを考えて仕事をしてくれる。それは想像力と優しさがないとできないことだ。そんな君の優しさに気付けないのは、受け取る側の問題だ」

「……千賀観さんの買いかぶりです」

人としての感情が足りないと言われることは多々あるが、そんなふうに言ってもらったのは初めてだった。落ち着かない様子の瑞穂に、慶斗が笑みを浮かべる。

「そうかもしれないね。俺は……君に惚れているから」

不意打ちの告白に、瑞穂が息を呑んで目を見開く。

「それ、冗談じゃなかったんですか？　てっきり、なかったことにしたいのかと思ってました」

焦った声を上げる瑞穂に、慶斗が苦笑いを見せる。

「こんなこと冗談で言うか。仕事中にする話でもないから、なかなか話す機会がなかっただけだ」

いつも自信に満ちている慶斗らしからぬ、どこか照れた表情。それをどう受け止めていいかわからず困惑する。その結果、気付くと唇を真一文字に結び無表情になっていた。

そんな瑞穂をチラリと見て、慶斗が口を開く。

「俺は君に惚れている。それを忘れるな」

「……忘れなければ、満足ですか？」

返答に困り、ぶっきらぼうな口調になる瑞穂に、慶斗が満足げに頷いた。

「俺は君が、相手の気持ちを無視して、いつまでも告白の返事を保留にするような人間とは思っていないからな」

「……っ！」

前を向いて運転する慶斗がニヤリと笑う。憎たらしいほど魅力的な笑みだった。

――カリスマ性の無駄遣い。

お説教されたり、褒められたり、諭されたり、告白されたり……かつてないことが、いっぺんに起こりすぎている。

だからきっと、普段受け流している慶斗の表情に、過剰反応してしまうのだ。

感情の持って行き場がなく、瑞穂はむくれたような表情で車外に視線を向ける。そんな彼女の横では、慶斗がご機嫌な様子で車を走らせるのだった。


なにを話していいかわからず基本無言を貫いていた瑞穂は、車を降りてすぐ、思わず大きな伸びをしてしまう。

「疲れた？」

ずっと運転していた慶斗に聞かれて、たちまち申し訳なくなる。

「すみません」

「ん、なにが？」

慶斗には謝罪の意味がわからなかったらしく、首をかしげられてしまう。

どう説明しようかと考えていると、こちらへ走ってくる峯崎の姿が見えた。

「お久しぶりです」

「待ってたよ」

深く頭を下げる瑞穂に、近くまで来た峯崎が、慶斗へ視線を向けつつ会釈をする。

「運転手です」

そう自己紹介する慶斗は、それ以上詳しく自分のことを説明しようとしない。

千賀観の名前を出せば、峯崎が恐縮するかもしれないので、瑞穂もあえて慶斗の名前を口にせず「今、同じ部署で働いている人です」とだけ紹介した。

満足した様子で慶斗が頷いたところを見ると、自分の対応は間違っていなかったのだろう。

創業者一族の人間という肩書きは、便利なように思えて、そうでもないのかもしれない。

そんなことを考えていると、峯崎が「じゃあ、さっそく」と歩き出すので、慶斗と並んでその後に続いた。

慶斗と二人で台車を押して駐車場に戻ってきた峯崎は、事前にメールしておいた商品リストを瑞穂に渡すと、慶斗と協力して車に品物を積み込み始める。

初めはビール三ケースだけを自力で運ぼうと思っていた瑞穂だが、慶斗が車で一緒に行くと言って譲らなかったので、それなら運べるだけ運んだ方がお得ではないかと思い立った。

そこで、今回の注文分の他になにか持ってきてほしい商品がないか営業部に確認し、リストアップしたものを先にメールで峯崎に送り、準備しておいてもらったのだ。

よくいえば合理的、悪く言えばずうずうしい瑞穂の提案を、慶斗は「君らしい」と、笑って承諾してくれた。

「この車、意外と中が広いんだね」

荷物を入れるついでに慶斗の車の中を覗き込んだ峯崎が、感心した声を上げた。

慶斗の車はＳＵＶタイプで、後部座席を折り畳んでフラットな状態にすると、かなりの荷物が入れられる。

「ウィンタースポーツが趣味なので、板を積める広めの車を選んだんです」

愛着のある様子で車のボディーを叩く慶斗に、峯崎が納得したように頷く。そこから二人は、手を動かしながらウィンタースポーツについて話し合っていた。珍しく多弁な峯崎との会話を聞くともなく聞いていると、どうやら高校生になる彼の息子もスノーボードをするらしい。

――千賀観さんは、高級スポーツカーにでも乗っているのかと思っていた。

男手は余っているからと、商品の積み込みではなく納品書の確認を任された瑞穂は、てきぱきと書類をチェックしつつ偏見に満ちた感想を持つ。

「スノボ興味ある？　一緒に行くか」

目の合った慶斗が楽しそうに聞いてくる。

「行きません。そんなリスクが高そうなこと、忙しい人がするべきじゃないです」

「上手いから大丈夫だよ」

慶斗が強気の笑みを見せた。仕事もプライベートも貪欲に楽しむ慶斗の姿に、やっぱり彼は自分とは異なる生き物なのだと痛感する。

荷物を載せた後、慶斗がまだ時間に余裕があるから少し醸造所を見学したいと言い出した。案内を峯崎に任せ、その間に瑞穂は中居に搬入先の住所を確認し商品の到着予想時刻を報告する。

その際、届けた商品は瑞穂が責任を持って温度調整することを約束し、イベントの余興代わりにエールビールの美味しい飲み方もレクチャーすると伝えたら、中居は喜んでくれた。

中居は昔、営業に訪れた瑞穂へ「エールビールって、飲む人を応援してくれているみたいでいいね」と言ってくれた人だ。そんな中居に自社の商品を扱ってもらえることが、素直に嬉しかった。だから今回、彼に迷惑をかけずに済んで本当によかったと思っている。

それもこれも、慶斗のおかげだ。

そして同時に、彼に言われたいろいろなことについて考える。

「……」

「営業、離れたんだってね」

じっと考え込んでいた瑞穂は、突然声をかけられて顔を上げた。

「峯崎さん？」

さっき慶斗を案内して行ったばかりの峯崎が、一人で帰ってきて驚く。不思議そうな顔をする瑞穂に、彼が顎をしゃくってその理由を説明してくれた。

「若い子が、代わりたそうにしていたから、選手交代してきたよ」

「なるほど」

その一言で、納得する。

「彼、センガホールディングスの御曹司なんだって？　聞いてびっくりしたよ」

親しく話していくうちに、さすがに名前を名乗ったのだろう。

「すみません。なんとなく、説明するタイミングがなくて……」

頭を下げる瑞穂に、峯崎は目尻に細かい皺を作って笑う。

「知ってなにが変わるわけじゃないから、別にいいよ。ただ、そんな人を遠慮なく使える栗城さんが、らしくて笑えただけだよ」

「らしい……ですか?」

「人を肩書きで判断することなく、状況に合わせて平等に扱う。商品開発している時は、僕も随分君に叱られたしね」

「すみません。でも叱っては……ないです」

瑞穂としては、コンセプトを外さないため、女性目線で思ったことを正直に言わせてもらっただけだ。

気まずそうな顔をする瑞穂に「君はそれでいいんだよ」と、峯崎が笑う。

「僕は、そんな君だから意見を聞きたいと思ったんだし、君は十分それに応えてくれた。ようは受け取る側に、遠慮のない君の正しさを受け入れられる度量があればいいだけだ」

同じようなことを、慶斗にも言われた。

それを伝えると、峯崎がどこか納得したように笑う。

「彼は懐が深くて、したたかで強い。なんだか麦みたいな人だね」

「麦みたい……かどうかはわかりませんが、まあ、いろんな意味で肝が据わってて、私以上に遠慮がない人ですね」

「なんだか、栗城君と気が合いそうじゃないか」

「どこが……」

なんとも言えない顔をする瑞穂を見て、峯崎が楽しそうに目を細める。

「職人の勘だよ。上質な水と、麦芽、ホップ、酵母が芳醇なエールビールを生み出すように、生真面目な君とタフな御曹司っていうのも、なかなか面白い組み合わせだと思ったんだ。異質な者が出会うことで、芳醇なエステルが生まれるからね」

エステルとはアルコールと酸の化合物のことで、ビールの華やかな香りを形作る重要な香気成分だ。

「私と千賀観さんでは、どう考えても配合ミスです。芳醇なエステルなんて生まれません」

「そうか。残念」

楽しそうに笑う峯崎が、すぐに真面目な顔をして言う。

「今のプロジェクトが終わったら、チームは解散になるんだろ？　営業を離れたんだし、今度こそ、ウチに来ないか？」

「え？」

そう言われて初めて、自分はいつまでも慶斗と一緒に仕事をするわけではないのだと気付かされた。

プロジェクトが終わった後、自分は営業部に戻ると思い込んでいたが、そう確約されているわけではない。

「都心から離れるのは嫌かな？」

深く考えていなかった自分のこの先について考えていると、峯崎に聞かれた。

「いえ。その辺のこだわりはないです」

「ゼロからなにかを作り出す作業は、面白いよ」

そう言って峯崎が視線を向けた先には、緑が息吹く富士の裾野が広がっている。

この土地に最初に来たのは、七年前ビールを廃棄するためだった。当然、景色を楽しむ余裕なんてなかった。

でも、梅雨晴れの今、こうして見上げる富士山は、大自然の恩恵を蓄えた宝の山に見える。

この山の裾で、自然の力を借りながら一からなにかを作り出す仕事は、なんとも魅力的だ。

感情の起伏に乏しいはずの瑞穂でも、ついわくわくしてしまう。

「社長には、僕からもう一度打診しておくよ」

瑞穂の表情を読み取った峯崎が笑顔で言った。


都内に戻ると、そのまま中居に指示されたイベント会場へと向かった。

会場に到着した瑞穂は、目の前の光景に驚きの声を漏らす。

「えっ？」

慶斗と共にダンボールを抱えて入った会場には、スーツの上着を脱ぎ、会場の設営を手伝う市ヶ谷の姿があった。

ネクタイを外し、スタッフの指示に従って忙しく働く彼の姿を、あっけにとられながら眺めていると、慶斗が顔を寄せて囁いてくる。

「彼なりの、努力と謝罪のサインだよ」

「……え?」

瑞穂の知っている市ヶ谷はプライドの高い負けず嫌いで、少々とっつきにくい人間だった。

いつも瑞穂に対抗心を燃やし、嫌味ばかり言ってくる——そんな姿しか知らなかった。

でもよく考えれば、彼も瑞穂と並ぶ営業の主力社員。

瑞穂の知らない場所で、彼もずっと努力してきたはずなのだ。

今頃になって、市ヶ谷が瑞穂を認めていないのと同じように、瑞穂も市ヶ谷の存在を認めていなかったのだと気付いた。

「彼はサインを送ってきた、今度は君が返す番だ」

優しく諭すような、そっと背中を押すような声。

不器用な自分に、慶斗がまずは一歩を踏み出せとエールを送ってくれている。

——ありがとうございます。

そう、言ったつもりだが、声になっていなかったと思う。

酸欠の金魚みたいに、赤い顔で口をパクパクさせる。けれど、慶斗にはそれで十分伝わったらしい。

「頑張れ」

そう言って、送り出してくれた。

「い、市ヶ谷さんっ」

駆け寄ってくる瑞穂に気付き、気まずい表情を見せる市ヶ谷へ、有無を言わせず抱えていたダンボールを押しつける。

「おいっ」

「持ってください」

なんだかんだいっても、一応女性と認識してくれているのだろう。市ヶ谷は、押しつけられたダンボールを抱え直す。

それを見届けた瑞穂は、ぐるりと周囲を見渡し目的の人を見つける。

「中居さんっ」

瑞穂が手を振ると、イベントブーンの中居が手を振り返し駆け寄ってきた。

「栗城さん、久しぶり」

人の喜ぶ顔を見るのが好きだからとイベント会社を立ち上げた中居は、いつ会っても朗らかな空気を纏っている。

そんな中居に、改めて今回の不手際を謝罪した後、瑞穂の隣で気まずそうに頭を下げる市ヶ谷の背中を押した。

「改めてになりますが、私の後任の市ヶ谷です。仕事に対する情熱は私にも負けないと保証します。今後とも、どうぞよろしくお願いいたします」

顧客を前にすると、自然と営業モードのスイッチが入る。

きびきびとした口調で話しながら、再び瑞穂が深く頭を下げると、隣の市ヶ谷もそれに倣(なら)った。

「栗城君のお墨付きなら間違いないね。これからよろしく頼むよ」

中居が笑顔で請け合うと、市ヶ谷の表情が明るくなる。

「はい、よろしくお願いします」

そしてそのまま、市ヶ谷は中居と設営へ戻っていった。

「……ふう」

その背中を見送り、瑞穂がホッと息を吐く。

――正しさを押しつけるだけじゃない。間違いを受け入れる寛容さか……

もしかしたら、自分の接し方が、これまでも彼に窮屈(きゅうくつ)な思いをさせていたのかもしれない。

「お疲れ様」

いつの間にか側に立っていた慶斗に肩を叩かれた。

「ありがとうございました」

今度こそ、ちゃんとお礼を言えた。

ホッと息を吐く瑞穂に、慶斗が柔らかく微笑む。

「設営の準備は人手が足りているらしいから、俺たちは少し休憩させてもらおう」

そこで瑞穂はハッとする。彼には静岡までの長距離運転をさせてしまったのだ。

「気が付かなくて、すみません。どうぞ休憩しててください」

「じゃあそこで休んでるから、なにか飲むもの買ってきて」

慶斗が会場の窓の外を指す。

川岸の店を借り切ってのイベント。慶斗が指した窓の外には、川の景色を楽しめるようウッドデッキにベンチが置かれていた。

「わかりました」

頷く瑞穂に、慶斗はすかさず「君の分も忘れずに買ってくるように」と言い置いて、外に出ていく。

つまり、休憩に瑞穂も付き合えということなのだろう。

散々迷惑をかけた上に、大事なことにも気付かされた。瑞穂に断る理由はない。

――今回の件に対して、ちゃんとお礼を言いたいし。

そう思った瑞穂は、飲み物を買って慶斗のもとへと向かった。

店内から繋がるウッドデッキに出ると、川の匂いがし、子供のはしゃぐ声が聞こえた。ベンチに座った慶斗は、対岸を転がるように駆けて行く子供たちの姿を微笑ましげに眺めている。

穏やかなその表情に、一瞬見惚れてしまう。

「お待たせしました」

瑞穂は慶斗に飲み物を手渡し、その隣に腰を下ろした。

「ありがとう」

飲み物を受け取った慶斗が、ぼんやり川面を眺めているので、それに倣い目の前の景色を眺める。

慶斗の言葉のおかげか、その慶斗が隣にいるせいなのか、いつもより世界が鮮やかで幸福なものに見えてしまう。

「……基本的な確認になりますが、千賀観さんは、本当に私に好意を持っているんですか？」

いつまでも二人で川面を眺めていてもらちが明かない。意を決して事務的な口調で切り出す瑞穂に、慶斗が苦笑いする。

「君の性格を承知した上で、こんな冗談を言うわけがないだろ」

確かにそのとおりだと、瑞穂が頷く。

出会ってからまだ三ヶ月ほどの付き合いだが、瑞穂も慶斗の性格をそれなりに把握していた。

彼が冗談でないと言うなら、そうなのだろう。ならば瑞穂も、その気持ちに正面から向き合う必要がある。

それが自分のことを真剣に考えてくれている慶斗に対する、最大限の礼儀だ。

「お返事させていただく前に、話しておきたいことがあります」

覚悟を決めて口を開こうとすると、心の古傷が疼(うず)くのを感じた。

薄く唇を開いたまま黙る瑞穂を、慶斗が心配そうに見つめてくる。

人に自分のことを話すのは、未だ癒(い)えない傷と向き合うということだ。怯(ひる)みそうになる気持ちを奮(ふる)い立たせて、瑞穂は切り出した。

「私は昔、付き合っていた人から『人としての感情が欠けている』と言われ、フラれたことがあります」

大学四年の後半から付き合い出した彼とは、就職してお互いが忙しくなったことで、会える機会が減っていた。

好きだからこそ会えないことがもどかしく、衝動的に会いたいと思うこともあった。

でも、相手だって同じくらい忙しいのに「会いたい」なんてワガママは言えない。

好きな人の邪魔をしてはいけないと、徐々に連絡を控えるようになった。

相手から連絡をもらっても、忙しい彼の時間を割くのが申し訳なくて、電話をすぐ切るようにした。それでも、彼のことは大切に思っていたので、彼から自分のことが好きかと聞かれれば、もちろん好きだと答えた。

それで自分の気持ちは伝わっていると思っていた。

だがそんなある日、突然恋人から、疲れたから別れたいと告げられた。

別れの理由が理解できない瑞穂に、恋人は「君には人の心が足りないから、一緒にいると苦しい」と言ったのだ。

「確かに私は、子供の頃から感情表現が下手でした。自分の気持ちをどう表現したらいいかわからなくて、人を怒らせたことも多々あります。勉強とか仕事とか、会話にハッキリとした目的がないと、途端になにを話していいかわからなくなるんです」

それが好きな人であれば、なおさらのことだ。

あの時、別れ話を切り出した彼は、フラれる瑞穂より、ずっと辛そうな顔をしていた。

知らない間に、好きな人をそこまで傷付けていた自分に、彼を引き留める資格はないと思った。

申し訳ない思いでいっぱいだった瑞穂は、彼の望むまま別れを受け入れた。

けれどその行動が、さらに彼を悲痛な顔にさせるとは思わなかった。

そういうところが君らしい、と言った彼の顔を、今も瑞穂は忘れられずにいる。

自分のせいで傷付けてしまった彼に、瑞穂は償う術がない。

だからこそ、心に負った傷は癒えることなく、いつまでも痛み続ける。

瑞穂は、胸の痛みに耐えるように強くペッドボトルを握りしめた。

時折相槌を交えながら、慶斗は黙って話を聞いてくれている。

「……あの時、彼に人としての感情が足りないと言われて、妙に納得がいきました。そのせいで誰かを傷付けるくらいなら、私はもう恋愛なんてしたくないんです」

そう話を締めくくった瑞穂に、慶斗がため息を吐いた。

「それは、なんの話だ？」

「え、私の恋愛に対する正直な気持ちで、貴方の告白に対する返事です」

戸惑いつつもそう伝える瑞穂に、慶斗は違うと首を横に振った。

「それは、俺の気持ちに対する答えじゃない」

「……」

強い眼差しを向けながらそう断言する慶斗に、瑞穂は困惑する。

自分としては、これ以上ないくらい誠実に答えたつもりなのに……なにが駄目なのだろう。

おろおろと視線をさまよわせる瑞穂を見て、慶斗が笑いながら言った。

「今の話で俺がわかったのは、せいぜい、君の元彼とやらが、想像力の足りない男だったということくらいだ」

——何故そうなる？

戸惑う瑞穂に、慶斗が続ける。

「俺は、君ほど感情豊かで、凛々しく迷走している人はそういないと思っている。その男は、君の表面だけ見て内側を理解しようとしなかった。そんな人間の言葉に、君が傷付く必要なんかない」

凛々しく迷走——なんだかバカにされている気がしなくもないが、妙にしっくりくる表現だ。

「……彼は、善良な人でした」

浮気をされたとか、他に好きな人ができたとかなら、また違ったのかもしれない。

でも、穏やかで優しい彼を、自分のせいで傷付けてしまったことが心苦しいのだ。

「善良だけど、想像力の足りない人だよ。君の内側は常に忙しく、いろいろ考えている。だから俺は、いつも君がなにを考えているのか想像してしまうんだ」

慶斗が、からかうような視線を向けてくる。

「ちなみに今は、ここまでプライベートな話をしたってことは、俺を好きになりかけているんじゃないかって、想像している」

「……なっ！」

不意を突く図々しい発言に、思わず目を瞬いてしまう。そんな瑞穂の表情を横目で窺い、慶斗が楽しそうに微笑んだ。

「人の心が足りない人間は、そんな面白い顔はしないよ。君は少しだけ、感情表現が不器用なだけだ。……俺は、そんな君が好きなんだよ」

「でも……」

言い募ろうとする瑞穂を制し、慶斗が真顔になる。

「君に心があるのと同じように、俺にもあることを忘れないでくれ」

「……？」

「君の恋の失敗は、誰も悪くない。君の元彼に想像力が足りなかったのは、罪じゃない。君が言葉足らずなのも、単なる個性であって次の恋を諦めるほどの罪じゃない。だから、過去の失敗を理由に、俺をフルのはやめてくれ」

「――っ」

そう言われて初めて、自分が少しも慶斗の気持ちを考えていなかったのだと気付く。

「昔の経験じゃなく、今の俺を見て決めてほしい。答えは急がないけど、それだけは約束してくれ」

正直に向き合ったつもりでいたが、また自分のせいで彼を傷付けてしまったのではないか――

そう思うと途端に怖くなった。

不安に瞳を揺らす瑞穂に気付いたのか、慶斗がニヤリと笑う。

「俺はタフだから、こんなことぐらいで傷付いたりしないよ。それに、とても諦めが悪い。それを忘れるな」

ハッキリ告げられた言葉に、嘘は感じない。彼を傷付けていないと安堵すると同時に、難しい宿題を出されてしまったと思った。

慶斗に感謝しているからこそ、過去の古傷まで曝け出したのに、それだけでは足りないという。

でも慶斗の意見が正しいと思うから、反論もできない。

「……少しお時間をください」

瑞穂には、今すぐ彼を納得させられる答えが出せそうもない。

深く頭を下げる瑞穂に、慶斗は「承知した」と言って、魅力的に笑った。

4　不機嫌な祝杯

――アイツ、また来てる……

終業直後、自分のデスクでスマホを操作する慶斗は、瑞穂に話しかけている男をチラリと窺う。

髪をワックスで軽く遊ばせている彼は、均整の取れた体つきをしている。なにかスポーツでもしているのかもしれない。顔も爽やかな方だろう。

清潔感があり、表情も豊かで営業向きだ。瑞穂と同期だという彼の名前は、確か市ヶ谷といったか。

三日前、彼の連絡ミスが原因で、瑞穂と静岡の醸造所まで商品を取りに行った。その際、ミスの経緯はともかく、瑞穂の対応にも問題があったのではないかと、少しアドバイスさせてもらった。

学習意欲が高く努力を怠らないのは、瑞穂の長所だと思う。

あの日、商品を持って目的のイベント会場へ向かうと、設営の準備を手伝う市ヶ谷の姿があった。

自分が伝えた言葉に思うところがあったのかわからないが、瑞穂は市ヶ谷を責めることなく、イベント会社の社長に改めて彼を紹介し、引き続きよろしくお願いしますと頭を下げていた。

「失敗したな……」

二人のやり取りを視界に入れながら、慶斗はため息を漏らす。

あの一件で強く心を動かされたのは、瑞穂より市ヶ谷の方だったのかもしれない。

聞けば彼女は市ヶ谷に、ずっとライバル視されていたという。

ライバル視するということは、それだけ瑞穂を意識していたということだ。

ずっと意識していたライバルは、一人で淡々と仕事をこなしていた。そんな瑞穂に、彼女は自分など眼中にないのだとコンプレックスを抱き、わざとキツく当たっていたのかもしれない。

それが突然、存在を受け入れられたのだとしたら……

その結果生まれる感情は、感謝か友情か愛情か。

――まあ、最後だろうな。

あの日以来、引き継ぎの再確認と称し、暇を見つけては彼女のもとへとやってくる市ヶ谷の顔を見れば、一目瞭然だろう。

瑞穂のためを思いアドバイスしたのだが、この結果は予想していなかった。

今まで独占欲が強いと思ったことはなかったが、こと瑞穂が関係すると、自分はかなり狭量になるらしい。

まさか自分が、こんなに心の狭い人間だとは思わなかった。

「外の空気でも吸ってくるか……」

あの二人を見ていると、そのうち割って入ってしまいそうだ。せっかく彼女が変わろうと努力し始めているのに、自分がそれを邪魔してはならない。

慶斗は瑞穂たちから視線を外し、スマホ片手に休憩室へ向かった。


休憩室に入った慶斗は、自販機でコーヒーを買って椅子に腰掛ける。

部下の清山からのメールは、任せている業務に関して指示を仰ぐものだった。そのついでに、先日本社での会議を急に欠席した時、和佳が「気まぐれでワガママな奴にトップが務まるのか？」と騒いでいたと書いてあった。力関係が微妙なこの時期、ライバルを助長させるような行動は慎むようにと小言が添えられている。

「はいはい」

大学の後輩である清山は、その才覚を見込んで引き抜いた男だ。こちらの期待を裏切らない仕事ぶりには満足しているが、どうにも小姑気質らしい。

一応心の中で清山に詫び、メールに指示を書き込んでいく。すると、テーブルを挟んだ向かいの椅子が動く気配がした。

　顔を上げると、梨香が椅子に手をかけている。

「千賀観さん、お疲れ様です。まだ帰らないんですか？」

　断りもなく椅子に腰を下ろす梨香が、鼻にかかった声で話しかけてきた。チラリと視線を巡らせると、休憩室に空いているテーブルは幾つもある。

「そのうち帰るよ」

　瑞穂と市ヶ谷から離れて、仕事に集中したくてここに来たのに。

　心の中でため息を漏らしメールを再開しようとすると、梨香が身を乗り出し画面を覗き込んできた。

「あっ！　なんで隠すんですか？　もしかして恋人ですか？」

「仕事だよ」

　だから勝手に覗かないでもらいたい。内心の苛立ちを抑えて素っ気なく返す。

　スマホの角度を変え、梨香に画面を見られないようにする。すると、そんな慶斗の手に、梨香が自分の手を重ねてきた。

「え～怪しいです」

　そう言いながらさらに身を乗り出してくる。そうすることで、彼女の胸の谷間が強調された。意識的とわかる表情で、梨香が「見せてくださいよ」と、甘えた声を出す。

可愛く装った女子に胸を強調されれば、鼻の下を伸ばす男もいるだろう。だが慶斗に言わせれば、自ら安売りしてくる体にわざわざ触れたいとは思わない。

そもそも慶斗は、さして親しくもないのに、ずかずかパーソナルスペースに踏み込んでくる女性が好きではなかった。

――もう一人の栗城なら、こんなことは絶対にしないだろうな。

「君に見せる必要はない。それより、なにか用？」

最低限の社交性を残し、冷めた口調で問いかける。

「仕事が終わったなら、私と食事に行きませんか？　行ってみたいお店があって」

上目遣いの梨香が、聞き覚えのある店の名前を口にした。

「ああ、その店ならつい最近、君の従妹と行ったよ」

単なる事実として口にする。すると梨香の表情が急に険しくなった。

「瑞穂と？　どうして、千賀観さんが瑞穂と食事に行くんですか？」

まるで瑞穂と食事をすることが、罪みたいな言い方だ。

「……彼女と食事をしたいと思ったからだよ」

それを聞いた梨香の口元が、一瞬、憎らしげに歪む。

だが、慶斗の視線に気付いた梨香は、すぐに取り繕うように笑みを作った。それでも唇の端には、隠しきれない感情が透けて見える。

「瑞穂なんかと食事に行っても、退屈でしょう」

「いいや？　面白かったよ」

慶斗の言葉に、梨香が意地悪く笑った。

「最近の瑞穂、なんだか焦ってるのが伝わってきて、ちょっと痛いですよね」

ネイルで輝く指先で口元を隠す梨香が、卑しい笑みを浮かべる。

「焦る？」

気に障る笑い方からさりげなく視線を逸らし、慶斗が聞く。

「結婚とか？　最近やたらと愛想を振りまいてるじゃないですか。知ってます？　瑞穂は今、営業の市ヶ谷君の気を引くのに必死なんですよ。昨日も、仕事帰りに二人で食事に行ったみたいですし」

「ほう……」

梨香の性格を考慮すれば、どこまで本当かわからない。だが、瑞穂が誘ったというのは確実に嘘だろう。大方、市ヶ谷が行動に出たというところか。

それでも彼女が、プライベートで誰かと食事に行ったのであれば、面白くはない。

慶斗が反応を示したことに気をよくしたのか、梨香はますます身を乗り出してくる。

「瑞穂、千賀観さんはタイプじゃないみたいですよ。だって、私と千賀観さんのこと応援してくれるって言ってましたし」

そう言って、じっと慶斗の顔を覗き込んできた。

「……そう」

面白くはないが、それを梨香に悟られるのはもっと面白くない。

興味なさげに相槌を打つ慶斗に、梨香が嬉々とした笑みを見せた。

「ね、だから、私と食事に行きましょう」

甘ったるい声の梨香が、慶斗のスーツの袖口を引いてくる。

腕を動かしその手を振り解く。思ったより強くなったのは仕方ない。出向先の社長の娘に対する礼儀として、表面的に微笑みだけは浮かべておく。

その時、休憩室の外を並んで歩く瑞穂と市ヶ谷の姿が目に入った。

スマホをしまい無言で立ち上がった慶斗に、梨香が目を丸くする。

「千賀観さん？」

「悪いけど、食事は気の合う人とした方が楽しめると思うよ」

「だから……」

これ以上、梨香と関わりたくなくて、相手の言葉を無視して席を離れる。

——俺が一緒に食事をしたいと思うのは、君じゃない。

後ろでなにか言っている梨香に構うことなく、慶斗は足早に休憩室を出た。

◇◇◇

スマホ片手にオフィスを出て行く慶斗を見ていたら、その後を追いかけていく梨香に気が付いた。

つい気になって二人の後ろ姿を目で追ってしまう。

「……栗城？」

しかし、市ヶ谷に話しかけられたことで、瑞穂はハッと姿勢を戻した。

「あ、……なに？」

慶斗のアドバイスに従って人への接し方を変えた途端、あれだけ自分につっかかっていた市ヶ谷の態度が一変したのだ。

今まで、後輩の杏奈のことは気にかけていたが、同期の市ヶ谷について考えてこなかったことを反省する。同期なんだし、仕事の愚痴くらい聞いてあげればよかったのかもしれない。

「栗城、この後ってなにか予定ある？」

「この後？」

そう言われてオフィスを見渡すと、話し込んでいる間に、人の姿がまばらになっている。いつの間にか社員のほとんどが帰ってしまったらしい。

「とくに用がないなら、食事でも行かない？」

昨日、イベントブーンのお詫びということで、一緒に食事に行った。それで市ヶ谷の気が晴れるならと、ご馳走になったが、今日は一緒に食事をする理由が思い当たらない。

それなら断っても問題ないだろうかと悩む瑞穂に、市ヶ谷はまだ仕事の引き継ぎについて、確認したいことがあると言う。

それなら知りたい内容を明確にしてくれれば、明日にでも詳しく記載したメールを送ると言ったのだが、それでは味気ないと首を横に振られてしまった。

今までの瑞穂なら、仕事に味気もなにもないと言って断っていただろう。だが口を開こうとした瞬間、慶斗の顔がちらつきぐっと言葉を呑み込んだ。

――君はもう少し、物事を柔軟に捉えた方がいい。

慶斗が自分に投げかけてくれたそれは、瑞穂と周囲との調和を心配しての言葉だったのだ。

言われた時は大きなお世話だと思ったが、市ヶ谷の変貌を目の当たりにした今、慶斗が自分のことを真剣に思ってくれていたのだとわかる。

最初は慶斗に、強引で押しつけがましいオレ様御曹司といったイメージを抱いていた。でも彼に巻き込まれていくうちに、気が付けば、長年窮屈に感じていたことから徐々に解放されていくのを感じている。

自分の世界観を変えてくれた慶斗には、本当に感謝している。

でも、感情表現が苦手な自分にその気持ちを伝えるのは難しい。だったら、少しでも変わる努力をしてみようと思った。

——まずは小さな一歩から。

そう思った瑞穂は、市ヶ谷の食事の誘いを承諾した。

「栗城、なんか感じが変わったな」

一緒にエレベーターへ向かいながら市ヶ谷が言った。

「まあ……少し、思うところがあって……」

静岡まで商品を取りに行ったあの日、慶斗の言葉に学ばされた。

瑞穂が変わることで周囲も変わるならば、彼の言うとおり自分を変える意味はあるだろう。

「なにか食べたいものある？」

「とくには。市ヶ谷さんのお勧めってありますか？」

「そうだな、俺が決めていいなら……」

市ヶ谷がなにか言うより早く、瑞穂は強い力で後ろに引っぱられた。

「わっ⁉」

直後、背中に誰かの温もりを感じ、最近身近に感じるようになったトワレの香りが鼻孔をくすぐる。

「悪いけど、食事は他の子を誘ってくれるかな?」

瑞穂の肩に手を置き、自分の方に引き寄せながら慶斗が言った。

「え? 千賀観さん!?」

驚く瑞穂に構わず、慶斗は市ヶ谷を真っ直ぐ見つめ「そういうことだから」と、強気の笑みを浮かべた。意味がわからず二人の顔を見比べる瑞穂とは対照的に、市ヶ谷はギョッとした顔で息を呑む。

しばらくして、苦笑いを浮かべた市ヶ谷がため息と共に首筋を叩いた。

「……そういうことか。栗城、急に雰囲気変わったもんな」

一人で納得の表情を見せる市ヶ谷は、申し訳なさそうに肩をすくめる。ちょうどそこへエレベーターが到着しゆっくりと扉が開いた。

一緒に乗り込むとばかり思っていた市ヶ谷は、自分は階段で行くからと二人から離れた。

「え……ちょっと、市ヶ谷さん?」

どうやら、食事の話は流れたらしい。

――一体なんなの……

「えっと、お疲れ様です」

内心で首をかしげつつ慶斗へ会釈をした瑞穂は、自分の肩を掴んでいた彼の手をそっと外した。手を離してもらえたので、そのままエレベーターに乗り込もうとする。

「待った」

慌てた声を出す慶斗が、再び瑞穂の腕を掴む。

もう一方の手で肩を引かれ体が反転すると、ちょうど休憩室から顔を出した梨香と目が合う。距離があっても、梨香が怒りの表情を浮かべているのがわかった。

「……っ」

恐ろしく不機嫌な梨香の視線に、体を強張らせる。

それに気付いた慶斗が、瑞穂の視界を遮るように体を動かした。

「俺も帰るから一緒に出よう」

「……千賀観さん、手ぶらじゃないですか。ジャケットも羽織ってないし」

言われて気が付いたのか、慶斗が両手を広げて自分の姿を見下ろす。

「ほんとだ。ごめん、少し待ってて」

誰も乗り込まないままエレベーターの扉が閉まる中、そう言い置いて、慶斗がオフィスに引き返していく。それと入れ替わるように、梨香が足早に近付いてくるのが見えた。

「最近、瑞穂調子に乗りすぎ」

言うなり、梨香が瑞穂の肩を強く突き飛ばしてきた。

体勢を崩した瑞穂は、エレベーターの扉に勢いよく背中をぶつける。

「……っ！」

「ただの平社員のくせに、同じ栗城ってだけで調子に乗って！　千賀観さんにまとわりつかないで」

「誰が調子に……！」

乗っていると、と言い返すより早く、思いっきり脛（すね）を蹴られた。

パンプスの細いヒールで蹴られた場所に、堪（こら）え切れない痛みが走る。

「痛っ」

思わずしゃがみ込む瑞穂の上から、苛立った金切り声が降ってきた。

「ブスで発言が痛い、可哀想な瑞穂は大好き。だけど、今の調子に乗ってる瑞穂は大っ嫌い！　目障りだから、今すぐ会社辞めてよ」

性格は真逆だが、梨香とは子供の頃からそれなりに仲良く付き合ってきたつもりだった。

それが、一方的に会社を辞めろだなんて……いくら社長の娘だからって言っていいことじゃない。

ショックと怒りが交じり合ったモヤモヤした感情が、胸の奥で渦（うず）を巻く。

でも瑞穂には、それをどう表現すればいいかわからない。

なにも言えない瑞穂を残し、梨香がオフィスに戻っていく。

途中で慶斗とすれ違ったのだろう。「お疲れさまです」と、梨香の甘い声が聞こえた。

ため息を吐いた瑞穂は、のろのろと立ち上がる。

「お待たせ……なにがあった？」

戻ってきた慶斗が、心配そうな表情を浮かべた。

「なにもないです」

そう答えながら、じんじんと鈍く痛む脚を見る。そこは、ストッキングが破れ、薄く皮膚がめくれていた。

「でも、伝線しているよ」

瑞穂の視線を追うように脚へ視線を向けた慶斗が言う。

慶斗に梨香のしたことを話したところで、信じてもらえるかわからない。

それに……話したところで、なにが解決するわけでもないだろう。

「どこかで引っ掛けたみたいです。コンビニに寄って帰ります」

梨香のことには触れず、瑞穂は再び上がってきたエレベーターに乗り込む。

「本当に？」

一緒にエレベーターに乗った慶斗が、じっと瑞穂を見つめてくる。

瑞穂が黙り込んでいると、ゆっくり扉が閉まり、一瞬の浮遊感の後、エレベーターが下降していく。

「そういえば、さっきの市ヶ谷さんとのやり取り、なんだったんですか？」

これ以上追及されたくなくて、瑞穂は無理やり話題を変える。

そんな瑞穂に、慶斗は仕方がないとばかりに特大のため息を吐いた。

「彼が君に惚れている様子だったから、諦めていただいた」

「はいっ？　なにをどう勘違いしたら、そんな話になるんですか⁉」

意味がわからず目を丸くする瑞穂に、慶斗が呆れたように眉を動かす。

「もし彼に告白されたら、付き合ったか？」

「まさかっ！」

即座に否定する瑞穂に、慶斗が満足げに頷いた。

「そう言うと思ったよ。だから、君の手間を省いてやったんだ」

悪びれる様子もなく微笑む慶斗に、瑞穂が眉を寄せる。

「そもそも告白って……、勘違いもいいところです。市ヶ谷さんとは、仕事の話をしていただけなのに」

まったくもって、見当違いもいいところだ！　そう抗議する瑞穂に、慶斗が再びため息を吐いた。

「君はいろいろわかっていない」

「そりゃあ、まだ学習中ですから。だからこそ、毎日努力しているんです」

「努力？　……なんの？」

慶斗の眉が、ピクリと跳ねる。

「周囲の人との接し方です。千賀観さんの言うように、私の態度が変わることで仕事がしやすくなるなら、努力をしようと思って。それもあって市ヶ谷さんとも、もっと話してみようかと……」

真顔で答える瑞穂に、慶斗が眉間（みけん）を押さえて首を横に振った。

そのタイミングで、エレベーターが一階に着き扉が開く。

「自覚がないというのは、最強だな……」

本当にたちが悪いと言いながら慶斗はエレベーターを降り、顎（あご）でついてくるように促（うなが）す。

「続きは、食事しながらにしよう。君の従姉（いとこ）についても、聞きたいことがある」

途端にさっきの梨香を思い出し、気が滅入ってくる。

そんな瑞穂の肩を抱き、慶斗が「行こう」と、促（うなが）した。

馴染みのフレンチレストランに席を取り、瑞穂と向かい合う慶斗は、優雅な仕草でワイングラスに手を伸ばす。

肉料理からフロマージュへ移る際に出された赤ワインを一口含み、ゆっくりと味わう。

「……君の従姉のことだが」

どうせ二人で食事をするのなら、できればこんな話はしたくない。

けれど彼女の破れたストッキングと脚の傷を、見て見ぬふりはできなかった。

「単刀直入に聞くが、君が従姉に、俺との関係を応援すると言ったというのは本当か？」

とりあえず、これを確認すべきだろう。

梨香の言葉を鵜呑みにする気はないが、瑞穂に告白している身としては事実確認をしておきたい。

そう意気込んだ慶斗だったが、瑞穂の表情だけで大体のことを察する。

「はい？」

慶斗としては、もうそれだけで十分なのだが、一応話だけは聞いておこうと続けた。

「君の従姉が、俺と彼女の関係を君が応援していると言ってきた」

瑞穂が怪訝な表情を浮かべて、しばらく考え込む。そして、なにか思い至ったように口を開いた。

「自分は恋愛に興味がないし、千賀観さんとは仕事上の付き合いしかない。社内恋愛を否定する気はないけど、業務時間中は仕事をするようにと注意したことがあります」

思い出してスッキリしたのか、妙に晴れ晴れとした様子で頷いている。

表情としては愛らしいのだが、慶斗はつい眉間を押さえてため息を零してしまう。

「仕事上の付き合いしかない……ね。君は、俺に告白されていることを、忘れていないか？」

慶斗の言葉に、瑞穂がハッと息を呑む。

「あ、あれは、千賀観さんに告白される前の話です！」

慌てて補足する瑞穂に、慶斗が「じゃあ、今は？」と、問いかける。

「今、は……」

瑞穂が言葉を探すように視線をさまよわせた。

そのままフリーズしたみたいに黙り込んでしまう瑞穂に、慶斗が優しく微笑んだ。

「なるほど。俺のことを、きちんと考えてくれているようで安心したよ」

「……否定はしません。私なりに、ちゃんと考えてます」

嬉しそうに微笑む慶斗に、瑞穂が真顔で返す。

彼女の性格を考えれば、驚くべき進歩だ。

「……そう。嬉しいよ」

どうしようもなくほころぶ口元を誤魔化すため、慶斗はワイングラスを口に運ぶ。

その時、「あらっ」と、少し離れた場所から聞き覚えのある声が聞こえた。

声の主を確認して、慶斗が顔をしかめる。

「奇遇ね」

見覚えのない若い男を伴った大柄な中年女性が、意地の悪い笑みを向けてくる。

女性にしては背が高く肩幅もしっかりした彼女は、昔こそモデル体形と称賛されていたが、年と共に昔とは違った貫禄を持つようになった。

「和佳……」

「年長者を呼び捨て？」

年の離れた従姉（いとこ）、千賀観和佳が不機嫌そうに眉を寄せる。

「相変わらず生意気ね。こんな子を気にかけるお祖父様の気持ちが理解できないわ」

そうぼやく和佳が、慶斗と同席する瑞穂に視線を向ける。

硬い印象の眼鏡をかけ、飾り気のないレディーススーツに身を包んだ瑞穂の全身を確認した和佳は、慶斗に侮蔑（ぶべつ）するような視線を向けてきた。

明らかに瑞穂をバカにした和佳の視線に、慶斗が眉をひそめる。

「なかなかお粗末な連れね」

近寄ってきた和佳から、強いアルコールの臭いが漂ってきた。

融通がきくという理由で、千賀観家御用達の店に席を取ったことを後悔する。

そんな和佳に、瑞穂は穏やかに自分の所属と名前を伝え深く頭を下げた。しかし、和佳が彼女に挨拶する様子がないので、慶斗が代わりに紹介する。

「彼女は、従姉の千賀観和佳だ」

それに小さく頷き改めて和佳へ頭を下げる瑞穂を、和佳が鼻で笑った。

「下の下に出向させられると、連れて歩く子にも不自由するみたいね」

そう言って笑う和佳が、自分の連れを振り返り得意げな顔を見せる。

和佳の視線を受けた若い男は、複雑そうな表情で会釈してきた。

整った顔をしているが、瑞穂とは違う意味で自己主張が苦手そうな若者に見える。望んでこの場に来ているようには思えなかった。

――気の毒に……

アルコールの入った和佳と関わっても、ろくなことにならないのは承知している。

いつもなら適当にやり過ごすのだが、瑞穂が侮辱されたままにしておくのは我慢がならなかった。

「相変わらず、物事の表面しか見ない人ですね」

和佳がグッと眉を吊り上げる。そんな彼女を冷めた目で見据えて、慶斗が続けた。

「人のことより、まずは自分自身を顧(かえり)みてはどうです？　奔放(ほんぽう)な振る舞いが過ぎて、お祖父様のご不興を買わないといいですね。先日も意見が合わないとかで、社員を退職に追い込んだとか」

お前の動向は、こちらも把握しているのだと、さりげなく牽制(けんせい)しておく。

慶斗の言葉に、和佳の顔つきが一段と険しくなる。

「貴方こそ、この前の本社会議をドタキャンしたじゃない！　理由も説明せず会議をすっぽかすような人間が、センガホールディングスを統轄できると思っているの!?」

和佳のヒステリックな声に、目の前の瑞穂が息を呑むのがわかった。

頭の回転が速い彼女のことだから、今の会話で、慶斗が会議をすっぽかした理由を察したのだろう。

和佳が一人で騒ぎ立てているだけで、慶斗の評価にはなんの影響もないことなのに。

悲愴な顔をする瑞穂に大丈夫だと微笑んで、和佳に再び対する。

「私は誰かさんとは違い、一度会議を休んだくらいで状況把握ができなくなるほど、能力は低くないので。周囲もそれを承知していると思いますよ。その証拠に、私が会議を休んだことに騒いだのは、貴女一人だけだったでしょう」

言外に無能とほのめかすと、和佳がわなわなと唇を震わせる。会議での様子が、不在だった慶斗に筒抜けなのも面白くないのだろう。

怒りを露（あら）わにする和佳は、何故か突然怒りの矛先（ほこさき）を、瑞穂に向けた。

「言っておくけど、私が経営権を握ったら、お荷物の子会社なんてどんどん切り捨ててやるからっ！」

その言葉に、瑞穂が和佳を冷めた視線で見上げる。

「お言葉ですが、それは弊社の運営実績を把握された上でのご意見でしょうか？」

「……っ」

突然の質問に、和佳が言葉を詰まらせる。その隙に、瑞穂が言葉を続ける。

「弊社は確かに創業以来、常に好調とは言えません。一時期は、業績不振に陥（おちい）ったこともあります。ですが現在、順調に業績を回復させ、海外市場の開拓も行（おこな）っており……」

「そんなの関係ないわよっ！　経営者がいらないって判断すれば、それで終わりよ」

和佳が、場をわきまえずに声を荒らげた。

そんな和佳に、瑞穂が大きく頷く。

「確かに関係ないですね。こちらの千賀観さんが社長になれば、貴女の言葉の全てがただの世迷言（よまいごと）になるのですから」

淡々と口にする瑞穂だが、瞳の奥に静かな怒りを感じる。

次の瞬間、パンッと乾いた音が響き、瑞穂の眼鏡が大理石の床を転がっていった。

「おいっ！」

「なまいきな小娘がっ！」

止める間もなく瑞穂の頬を叩いた和佳が、大声で怒鳴りつける。さらにそれだけでは飽きたらず、テーブルのワイングラスを手に取り、中味を瑞穂にぶちまけた。

「和佳っ！」

咄嗟に立ち上がった慶斗が、和佳の腕を掴む。が、彼女はそれに爪をたて、ヒステリックな声を上げますます収拾がつかなくなる。

「……千賀観さん、離してあげてください」

駆けつけたウエーターからタオルを借りた瑞穂が、静かな声で言う。

「だが……」

ここで手を離せば、和佳が謝罪することなく帰っていくのは目に見えている。だが瑞穂は、冷静に周囲にへ視線を走らせて言う。

「これ以上は、他の方の迷惑になります」

「……」

チラリと視線を向けると、他の席の客が唖然とした様子でこちらを窺っていて、とても食事を楽しむ雰囲気ではなくなっている。

瑞穂の言うとおり、これ以上店に迷惑をかけるのは申し訳ない。

被害にあった瑞穂がいいと言うのなら仕方ないと、きつく掴(つか)んでいた和佳の手を離す。たちまち和佳はヒステリックな捨て台詞(ぜりふ)を吐きながら、青年の腕を引いて店を出て行った。

腹いせとばかりに、床に落ちていた瑞穂の眼鏡を踏みつけていった和佳に苛立ちが増す。

慶斗ではなく瑞穂を攻撃するのは、その方が、慶斗にダメージがいくことを承知しているからだ。

「申し訳ない」

やるせない思いで慶斗が瑞穂に謝罪する。瑞穂は首を横に振った。

「千賀観さんが謝ることはないです。それに、こんなことで他人の心を傷付けられると思っている人なんかに、傷付けられたりしません」

強い意思を感じさせる口調で言った彼女が、そっと脚の傷に視線を落とす。

誰に付けられた傷なのか察しはついているが、彼女が口にしないのに慶斗が騒ぐわけにはいかない。

「私は大丈夫です」

そう言って慶斗に微笑んだ瑞穂は、白いシャツを無残にワインで汚されている。

それなのに、凛(りん)として誰より美しく見えた。

彼女に惚れている身としては、こういう時、手を差し伸べる権利さえ与えてもらえない今の立場を歯がゆく思う。

「とりあえず、出ようか」

慶斗はウエーターを呼び、騒ぎを起こしたことを謝罪すると、そのまま精算を求めた。

その際、ウエーターが床に落ちていた瑞穂の眼鏡を拾い、渡してくれる。だが、フレームが曲がり完全に壊れてしまっていた。

「それ伊達眼鏡だから、なくても大丈夫ですよ」

「伊達……なんでそんなものを」

「目つきが悪いので、相手に不快な印象を与えないためです。愛想がないのは自覚していますし、顔になにかアクセントがあった方がいいかと思いまして」

どこか得意げにそう話した瑞穂が、すっと真面目な顔になる。

「それより、さっきの彼女の発言、千賀観さんの力で絶対に世迷言(よまいごと)にしてください」

年下の彼女に、活を入れられてしまった。

彼女を守ってあげたいと思っていたはずなのに、気が付けば彼女が自分に強さを与えてくれているではないか。

一瞬、戸惑いの表情を見せた慶斗が表情をほころばせ、慈(いつく)しむ視線を瑞穂に向ける。

――俺はきっと、この子には一生勝てない。だからこそ、心の底から手に入れたいと思う。

「ああ、約束しよう」

彼女がそう望むのであれば、必ず叶えてみせよう。

強気な表情で請け合うと、瑞穂が満足げに頷いた。

――変なことになってしまった。

濡れた髪でバスローブを羽織る瑞穂は、鏡に映る自分の姿を確認してため息を吐く。

帰り際に梨香に脚を蹴られたと思ったら、レストランでは慶斗の従姉に叩かれ、ワインをかけられた。

その結果、レストランの入っているホテルに部屋を取ってもらい、汚れたスーツをクリーニングに出す間に、シャワーを浴びているなんて……

ワインで汚れたままでいるのも嫌だが、こんな姿で慶斗の前に出ることに躊躇いがある。

だからといって、いつまでもバスルームに籠もっているわけにもいかないわけで。

覚悟を決めた瑞穂がバスルームを出ると、慶斗はソファーに座って書類を見ていた。

「いろいろとお気遣いいただき、ありがとうございます」

瑞穂が歩み寄って声をかけると、慶斗が顔を上げた。

「いや、こちらこそ、従姉が迷惑をかけてごめん」

いつもの強気はどこにいったのかと心配になるほど、慶斗は申し訳なさそうな顔をする。

「謝るのは私の方です」

立っているのもなんなので、慶斗の座るソファーにL字形で繋がるスツールに腰を下ろした。

「ん？」

慶斗が不思議そうな顔をする。

「千賀観さんが本社の会議を休んだのって、私のせいですよね」

瑞穂の言葉に、慶斗が苦笑した。

「あの場でも言ったが、一度や二度会議に出なかったくらいで揺らぐような仕事はしていない。社長は能力主義だし、今まで以上の成果を出せばいいだけだ。和佳はそれをわかってないから、騒ぎたてれば俺の損になると勘違いしている」

なんでもないことのように話す慶斗だが、自分を気遣って嘘をついているのではないかと心配になる。

瑞穂がじっと彼の表情を窺っていると、体を乗り出した慶斗にクシャリと前髪を撫でられた。

「和佳の言葉より、俺の言葉を信じろ」

そう言われると、彼を信じなくてはいけないと思う。

「わかりました」

すると、慶斗がホッと表情を緩めた。

「前髪を下ろしてるのは、初めて見た」

「変ですよね」

瑞穂が、慌てておでこを両手で隠す。

「変じゃない。眼鏡がないせいか、いつもより雰囲気が柔らかくて可愛いよ。普段から伊達眼鏡をやめて、前髪を下ろしてみたら？」

ソファーから下り床に膝をついた慶斗が、おでこを隠す瑞穂の手を掴んだ。やけに近い場所に慶斗の顔があって戸惑う。

「……っ」

「やる前から似合わないと決めつけるな。もっと自分の感情を素直に表に出していいんだ。君は君らしく、いろんなものを楽しんだらいい」

緊張する瑞穂に、慶斗が囁くように言う。

「私……らしく楽しむ……ですか……？」

それにどんな意味があるのだろう。

「思いやりがあって不器用で、感情を表に出すのが下手で、怒るのが苦手。相手を思いやりすぎてなにも言えなくなり、感情が迷走する。俺はそんな君が好きだ。ありのままの君でいいんだよ」

「……っ」

感情表現が下手なことで誤解されることはあっても、ありのままでいいと言ってくれた人は一人もいなかった。

――この人は、出会った時からそうだ。

慶斗は、他の人ならムッとしそうな瑞穂の言動を、拍子抜けするくらいあっさりと受け入れてくれた。きっとそれは、慶斗の懐の深さのなせる業なのだろう。

出会った頃こそ、強引で我の強いオレ様御曹司だと思っていたが、一緒にいればいるほど、彼が人として優れていることがわかってくる。

瑞穂の過去の傷さえ、誰も悪くないと断言し、過去に縛られず今を見るべきだと教えてくれた。そんな強くしなやかな慶斗に、急速に心が引き寄せられていく。

――この人を、拒める人なんているわけがない……

瑞穂の心の変化が彼にも伝わったのか、慶斗がそっと唇を寄せてくる。

目を閉じた瑞穂が彼の唇を受け入れた。自然と二人の呼吸が重なる。

「愛している。最初に君に思いを告げた時よりずっと深く――君を愛してる」

慶斗は手首を掴(つか)んでいた手を離し、その手で瑞穂の頬を包み込む。

真っ直ぐ自分だけに向けられる視線に、息苦しさを感じる。

だけど、逃げようとは思わなかった。

「愛してる」

慶斗の強い眼差しが、その言葉に嘘はないと伝えてくる。

彼の視線が恥ずかしくなって瞼(まぶた)を伏せようとすると、慶斗に止められた。

「ちゃんと俺を見て」

優しいのに何故か逆らえない雰囲気を持った言葉に、瑞穂は慶斗の視線を正面から受け止める。

「愛してる。君が言葉にするのが苦手な分、俺が何度でも言う。だけど、一つだけ教えてほしい」

慶斗は、どこか不安げな様子だ。

いつも自信に満ちている彼らしからぬ表情を不思議に思っていると、慶斗が問いかけてくる。

「俺のことが好き？」

急激な気持ちの変化に戸惑いながらも、瑞穂は小さく頷くことで自分の気持ちを伝えた。

その動きに慶斗が嬉しそうに微笑み、再び唇を重ねてくる。

「ありがとう。でも俺の方が、もっと強く君を愛している」

一度唇を離した慶斗が囁く。そして「それを忘れないで」と、再び重ねた唇の動きで告げる。

「そういうこと言われても、どう返せばいいかわからないから困ります」

臆面もなく囁かれる愛の言葉を、どう扱っていいかわからない。

恥ずかしさから視線を落とす瑞穂の首筋に、慶斗の柔らかな息遣いが触れた。

「なにも返さなくていいよ。その表情を見れば、言いたいことはわかるから。感情を言葉にするのが苦手な君の分も、大事な感情は全て俺が言葉にしていくから。だから……」

その顔をもっと見せてと言いたげに、慶斗が瑞穂の顎を持ち上げ再び唇を重ねる。

背もたれのないスツールに座る瑞穂の背に手を回し、バランスを崩さないように支えた。

「ん……っ」

さっきまでの触れるだけの口づけとは違う、強く押しつけられた唇から彼の息遣いを感じる。

緊張する瑞穂が息苦しさに口を開くと、すかさず彼の舌が口内に入ってきた。

ヌルリとした舌の感触に驚き、条件反射のように背中を反らしてしまう。だけど、背中に回された慶斗の腕がそれを許してくれない。

瑞穂が気持ちを返してくるのを待つように、慶斗の舌が瑞穂の中で蠢く。

言葉で伝えきれない思いを伝えたくて、瑞穂は、緊張に震えながら自分の舌を彼の舌に絡めた。

怯えるように触れてくる瑞穂の舌に、慶斗の舌が絡みつく。

「……ふぅっ」

息苦しさに、瑞穂が首を動かし唇を離す。そんな瑞穂の頬に片手を添え、慶斗が顔を寄せる。

「抱きたい」

はっきり情欲を滲ませた瞳で見つめられ、息を呑む。

「……でも、明日も仕事が……」

一度認めてしまえば、慶斗を好きだと思う気持ちに迷いはないし、彼を拒む理由もない。

それでもつい躊躇ってしまう瑞穂に、慶斗が首を振る。

「やっと君の返事が聞けたんだ。このまま離れるなんてできない」

そう言って、彼は背中に回していない方の腕で瑞穂の脚をすくい上げる。

「キャッ」

バランスを崩した瑞穂を、慶斗は軽々と抱き上げた。

急な浮遊感に戸惑い、瑞穂は思わず慶斗へしがみつく。慶斗はそのまま彼女をソファーの側にあるベッドへ運んだ。

「もう逃がさない」

ベッドに瑞穂を下ろした慶斗が、のしかかりながら甘く囁く。

そして、瑞穂の羽織ったバスローブの中に手を滑り込ませてきた。

シャワーを浴びバスローブを一枚羽織っただけだった瑞穂の肌に、慶斗の手が直に触れる。

――温かい。

熱く大きな手が、ゆっくりと肌を撫でていく。

男らしい手が胸の膨らみを包み込む感触に、体がビクリと跳ねてしまう。

「愛してる」

そう囁きながら、自分の体温を瑞穂に馴染ませるみたいに優しく肌を撫でる。そうして自分の唇で彼女の唇を塞いだ。

「くぅ…………っ…………はぁっ」

瑞穂に自分のキスのリズムを教えるように、口づけの合間にそっと息を吐く。

何度も繰り返されるうちに瑞穂は、首の角度を変えてより深く慶斗の唇を受け入れていた。重なった唇をそっと動かし、お互いの唇の感触を味わう。

「君の唇は温かいね」

「そう……ですか？」

瑞穂には、慶斗の方がよほど温かく感じる。

そんなことを思っていると、慶斗が再び瑞穂の肌に指を這わせてきた。

そして、そのままスルリと肩からバスローブを落とす。

露わになった肌を慶斗が撫でる度に、触れられた部分に熱が灯っていくように感じる。

慶斗の手は肌の表面だけでなく体の奥にも火を点けて、自然と下腹部が疼いてしまう。

「せ、千賀観さん……」

ピクリと体を跳ねさせる瑞穂が堪らず声を上げる。

「慶斗でいい。俺も、君のこと名前で呼びたい」

「でも……」

いきなり名前で呼ぶことに躊躇いを見せる瑞穂に、慶斗は「瑞穂」と囁き、唇を重ねてくる。

「名前で呼んで」

求められるままに口づけを重ねた後、小さく「慶斗さん」と、口にした。

慶斗は嬉しげに微笑み、ついばむような口づけを繰り返す。そうしながら瑞穂のバスローブを完全に脱がしてしまった。

「あのっ照明……」

「駄目だ」

明るい中、肌を晒す瑞穂が掛け布団で体を隠そうとする。すかさず慶斗の手がそれを阻んだ。

そして、瑞穂の胸に顔を寄せる。

「あぁ……っ」

彼の息遣いが感じられるほど間近に顔を寄せられ、瑞穂が緊張のあまり声を漏らした。恥ずかしさに耐えかね、咄嗟に慶斗の顔を遠ざけようと手を伸ばす。だが、その手を取られて、手のひらに口づけられる。

「愛してる。瑞穂の全てを俺に見せて」

そう囁くように乞われ、マットレスに手を押さえつけられた。

慶斗の声には、人を従わせる力があるのかもしれない。何故か、これ以上抵抗してはいけない気になってきてしまう。

——ずるい……。

瑞穂は、心の中で慶斗を甘くなじった。

愛していると言いながら、どんどん瑞穂から抵抗する意思を奪っていく。それどころか、恥ずかしがる瑞穂を見て楽しんでいるようにさえ思えた。

けれど、彼に求められると瑞穂は拒めない。

抵抗をやめた瑞穂の唇を、慶斗がさらに求めてくる。

キスをしつつ、彼は素早く自分の着ていた服を脱いでいく。

求められるまま唇を重ねているうちに、気が付けば瑞穂も慶斗を強く求めていた。

「愛してる」

「ん…………ふぅっ…………ぅ」

息苦しさを覚えるほど強く、唇を押しつけられる。

そうしながら慶斗の手が、瑞穂の胸を優しく揉みしだいた。胸の弾力を確かめるように、優しく揉まれているだけなのに、下腹部の奥が熱く疼く。

無意識に脚を擦り合わせると、慶斗の手の動きが、荒々しさを含んでいく。

「んっ！　あぁあぁっ！」

痛みを感じるほど強く胸に指が食い込む感覚に、つい声が漏れた。

鼻にかかった甘い声に煽られたのか、慶斗の手の動きが激しさを増していく。

彼の愛撫に翻弄され、瑞穂の脚がシーツの上を滑る。

慶斗はそんな瑞穂の反応を楽しむように、彼女の胸の膨らみに顔を寄せた。

「あっ……っ！」

くちゅりと卑猥な水音を立てて、慶斗が瑞穂の胸の先端を口に含む。

その粘着質な水音に、瑞穂の体がビクンと跳ねた。

胸への口づけは、唇とは異なる刺激を瑞穂に与えてくる。

堪らなくなった瑞穂が熱い息を漏らすと、慶斗はさらに舌で彼女の肌を愛撫していく。

熱い舌が、瑞穂の左右の胸の膨らみを這う。

自分の唾液を馴染ませるように舌を擦りつけたり、ジュッと音を立てながら強く吸ったり。

肉食動物が貪欲に獲物を貪るみたいに、慶斗が瑞穂の体を侵していく。

敏感な肌をしゃぶられる感触に、瑞穂の肌がゾクゾク震えた。

淫らな刺激に、自分の意思とは関係なく体が跳ねる。

「やぁっ」

「感じる？」

甘い声を漏らし続ける瑞穂に、慶斗が上目遣いで尋ねた。

瑞穂が無言で首を横に動かすと、慶斗はその反応に満足した様子で、一層淫らに舌を動かしていく。

次第に、羞恥と欲望が入りまじった感情が体の奥から込み上げてきた。

瑞穂の腰が無意識に動いてしまう。それに気付いた慶斗の手が瑞穂の腰をそっと撫で、その手をゆっくり下ろしていく。

「あぁっ！」

ショーツ越しに敏感な肉芽を指で撫でられ、瑞穂が大きく腰を反らした。

そこに彼の指を感じただけで、恥ずかしいくらい強く反応してしまう。

そんな瑞穂に気をよくしたのか、慶斗は布越しに指を動かし、瑞穂の欲望を煽っていく。

「瑞穂、ここ……もう濡れてるね」

そう囁きながら、長い指がゆっくりと上から下、下から上へと隙間をなぞる。その刺激に誘われるように体の奥から蜜が溢れ出した。

「やぁっ……」

彼から与えられる刺激に、瑞穂は細い声で喘ぐしかできない。

「もっと感じて」

そう言うなり、慶斗の手が瑞穂の下着の中へと潜り込んでくる。

その指が、直接瑞穂の割れ目を撫でてきた。

「あぁぁっ！」

条件反射のように腰をくねらせ、慶斗の手から逃れようとするけれど、指はさらに深く瑞穂の敏感な場所を刺激してくる。

慶斗の手首を掴(つか)んで動きを制しようとするのに、男女の力の差は歴然で止めることができない。

彼は陰唇から溢(あふ)れる蜜を指に絡(から)め、割れ目を撫でる。そうしながら、唇で瑞穂の胸に触れて、硬く尖った先端を前歯で挟み舌で愛撫(あいぶ)した。

胸を吸い上げる音と、蜜口を愛撫(あいぶ)する音。

瑞穂は上半身と下半身両方から絶(た)えず聞こえてくる水音に、堪(たま)らなく恥ずかしい思いになる。

「はぁあっ……あぁぁ……慶斗さんっ」

自分の声とは思えない甘い声。恥ずかしいのに、自分ではどうすることもできない。

「瑞穂」

胸元で慶斗が瑞穂の名前を呼ぶ。

興奮で少し掠れた彼の声に、体がさらに熱くなる。

直後、慶斗の指が瑞穂の深い部分へ押し入ってきた。

「あぁっ、慶斗さんっ！　ダメッ」

慶斗の指が熱く熟した膣の中に沈んでくる。その感覚に、瑞穂が身悶(みもだ)える。

体の中にある異物感に、瑞穂の背中がアーチを描いた。

慶斗は瑞穂の背中に腕を回して抱き合い、より激しく瑞穂の中を探り始める。

「ヤダ、んっ……あっ」

内側から敏感な箇所を擦られると、その刺激が快楽の波となって襲ってくる。

瑞穂のイイ場所を探るみたいに中で蠢(うごめ)く指に、自然と愛蜜が滴(したた)り出す。

慶斗は、さらなる蜜を求めて、瑞穂の中を刺激した。

脚を撫でるように手を動かされ、愛液で湿った下着が下ろされる。

肌を隠すものがなにもなくなるのが恥ずかしく、瑞穂は身じろいだ。そんな瑞穂の蜜口を、再び慶斗の指が撫でる。

「あぁ……っ」

粘着質な水音と、特有の蜜の香りが室内に満ちる。

「慶斗……さっ……ふぅっ」

瑞穂が上擦った声で名前を呼ぶと、慶斗が口づけで応(こた)えた。

「瑞穂……」

キスをやめた慶斗が、上半身を起こす。

自分を見下ろす慶斗は、酷く野性的な目をしている。その視線に瑞穂の体の奥がまた疼(うず)いた。

「愛してる」

慶斗がそう囁いて、瑞穂の首筋に口づけをする。熱く湿った唇の感触に、ゾクリと肌が震えた。

「私も……愛し……てます」

躊躇いつつも愛の言葉を口にする。そんな瑞穂に慶斗が頷き、さらに指を奥まで沈めてきた。

「あ、ああっ……！」

蜜に濡れて敏感になっている媚肉が、沈み込んでくる指の感触を先ほどよりはっきりと感じ取る。思わず、びくびくと体を震わせ反応してしまう。

そんな瑞穂を窺いながら、慶斗が指を動かし中で円を描いた。熱く蕩けている皮膚を擦られる感覚に、瑞穂の体がビクッと大きく跳ねる。

「あぁあっ……　……ぁっ」

瑞穂の反応を確かめつつ、慶斗が徐々に指の動きを速めた。

「あっ……ぁっ……っ」

押し殺すような声で喘ぐ瑞穂に、慶斗はなお深く膣壁を指で抉る。そうしながら、瑞穂の口内を乱暴に貪った。

「……っぅっ……ふぅ」

「くっ……っ瑞穂の舌、冷たい」

微かに唇を離した慶斗が熱い吐息と共に零す。

「……ちが……ぁっ」

瑞穂の舌が冷たいのではなく、慶斗の舌が熱いのだ。

その熱に絡め取られ、心も体もますます冷静でいられなくなる。

瑞穂が苦しげに息を吐くと、慶斗が顔を上げ掠れた声で囁いた。

「瑞穂の中に入っていいか？」

その問いに、無意識に体が緊張する。

それでも、拒む理由は瑞穂にはない。

「……あ」

些細な反応も見逃すまいと、慶斗が自分を見ている。その目を見つめ返し、瑞穂は頷いた。

ふわりと笑った慶斗の体が、スルリと瑞穂から離れる。

ベッドを抜け出した彼は、自分の荷物からなにかを取り出しすぐに戻ってきた。

瑞穂の額に口づけを落とし、慶斗が手早く避妊具を装着する。

そして瑞穂の内ももを撫でるように押し広げると、荒々しく膨張している自身に手を添え体を寄せてきた。ももに触れる慶斗のものは、驚くほど熱く硬い。

　今からこれが自分の中に入ってくるのだと思うと、瑞穂の緊張が高まる。

「っ……瑞穂……」

　愛おしげに名前を呼ぶ慶斗が、ゆっくりと瑞穂の中へと自身を沈めてきた。

　慶斗の熱く膨張した肉棒で、敏感な膣腔を擦られる度に、瑞穂は背中を弓なりに反らしシーツに脚を滑らせる。

　久しくそういった行為をしていなかった瑞穂の体に、圧倒的な存在感をもって、慶斗の昂りが埋まってきた。

　きつくて、鈍い痛みを感じるほど中がいっぱいになっていく。

　知らず、瑞穂の体が小刻みに震える。

「あぁ……っ……ぅ……ぁぁっ」

　己を深く沈めながら、慶斗は宥めるように瑞穂の体を撫でて唇を求めてきた。

　瑞穂は慶斗の首に腕を回し、そのキスに応える。

　その間も、熱く脈打つ慶斗のものが、瑞穂の中へじわじわと沈んでくる。

　瑞穂の反応を窺いながら、慶斗は慎重に腰を動かす。

　しかし、ようやく最奥まで沈んだと思ったら、すぐに引き抜き深く浅く抽送を始める。

　その動きに敏感に反応して瑞穂の膣が収縮した。

狭く収縮した瑞穂の膣を、角度を変えながら慶斗のものが擦り上げる。

「はぁあっ…………あっ…………っ」

慶斗から与えられる感覚に、どうしようもなく身悶える。

最初は感じていることを悟られるのが恥ずかしいと思っていた瑞穂だが、いつしかそんなことを気にしている余裕もなくなっていった。

彼に深く唇を貪られて、呼吸もままならなくなる。

それなのに、下半身に強い刺激を与えられ続けるから堪らない。

酸素が足りずにくらくらしながら、もがくように慶斗の口づけから逃れた。

「瑞穂……っ」

もどかしそうに、慶斗が瑞穂の名前を呼ぶ。

そうしながら、さらに激しく腰を動かしてくる。

「っ……うぅんっ」

瑞穂の口からは、絶えず甘い声が出ていた。

全身を走る快感に、鼻にかかった甘い嬌声を抑えることができない。

慶斗は、瑞穂の声を吸い上げるかのように再び深く唇を合わせ、何度も何度も腰を打ちつけてくる。

「はぅっ…………ふぅ…………っ」

「くっ」

瑞穂が切なく喘ぐと、慶斗は彼女の体をより深く突き上げた。

苦しげな息を吐きながら、荒々しく瑞穂の膣奥へ腰を沈めてくる。

今までで一番強い刺激に、瑞穂が体を反らした。

その瞬間、慶斗がなにかを堪えるみたいにぐっと眉を寄せる。

「瑞穂っ」

そして、苦しげに瑞穂の名前を呼ぶ。

どちらもこれ以上ないほど、相手を求めている。

「……慶斗さぁっ」

瑞穂が掠れた声で名前を呼ぶと、慶斗が上半身を起こした。

そのまま片手で瑞穂の両手首をマットレスに押さえつけ、激しく腰を突き動かしてくる。

「っ――――っぁあっ――――っ………あぁあっ！」

痛みと快楽がまじり合った感覚が、徐々に瑞穂の体を支配していく。

浅い呼吸を繰り返す瑞穂の体を貪る慶斗が、恍惚とした表情を見せた。狂おしく自分を求めている彼の表情に魅せられてしまう。

息苦しいほどの快楽と刺激を共有しているこの時間が愛おしい。

でも、どうしようもなく震える腰が、これ以上の快楽に耐えられないことを告げていた。

「はぁあっ……やぁっ………」

慶斗の激しさに、意識が白く霞んでくる。

「瑞穂の声、もっと聞かせて」

熱く囁く慶斗は、激しく腰を動かす。

瑞穂はその刺激に、堪えられないように腰をくねらせた。

「慶斗……さ……っもぉ……っ」

「っ限界？」

苦しげな瑞穂の息遣いの意味を読み取り、慶斗が確認してくる。

瑞穂が首の動きでそれを肯定する。

「わかったっ」

慶斗は両手で瑞穂の腰を捕らえ、激しく奥を穿ってきた。

「あっぁぁあっ」

「――っ」

瑞穂の腰を握る慶斗の手に力がこもる。

骨が軋むほど強く腰を叩きつける慶斗は、瑞穂のいい部分に狙いを定め腰を突き入れた。

次の瞬間、慶斗の熱が瑞穂の中に溢れ出る。その熱さに、瑞穂の膣が切なく震えた。

「――あっ」

絶頂を迎えた瑞穂が切ない息を漏らすのと、慶斗が瑞穂の上に覆い被さってくるのは同時だった。

「……瑞穂、愛してる」

荒い息遣いのまま、慶斗が囁く。そして、唇を重ねた。

慶斗のものが自分の中から出ていく感覚に、瑞穂の肌がゾクリと粟立つ。

さっきまで狂おしいほど自分を支配していたものが離れていくことに寂しさを覚え、瑞穂は思わず慶斗の体に腕を絡めた。

「私も、愛してます」

感情を表に出す恥ずかしさより、彼への愛おしさが勝る。

自分の感情をはっきりと言葉にする瑞穂を、慶斗が強く抱きしめた。

汗ばんだ肌を愛おしむように、慶斗が瑞穂の首筋に顔を埋める。

慶斗が、瑞穂を抱きしめたまま体を横に向ける。そうすることで、横向きに抱き合う形になる。

目の前の慶斗が、瑞穂の前髪をクシャリと指に絡めた。

前髪を下ろしているのがよほど気に入ったのか、気持ちが通じ合ったことが嬉しいのか、彼はなんとも愛おしげな顔で瑞穂を見つめてくる。

「やっぱり、会社でも伊達眼鏡をやめて、前髪を下ろしたらいい。きっと周囲の反応が変わるよ」

「でも……」

そんなの自分らしくない気がする。言い淀む瑞穂に、慶斗が微笑んだ。

「俺を信じて試してみて」

そして慶斗は、おでこに触れていた手を離し、瑞穂の脚を撫でながら優しい口調で言った。

「それと、無理して気持ちを言葉にする必要はないが、嫌なことがあったら、我慢せずに俺に話してほしい」

「……？」

言葉の意味がわからず首をかしげると、彼の手が瑞穂の脚を持ち上げ、梨香に蹴られた傷に触れた。

途端に、喉の奥であの時の思いが渦を巻く。

「痛い？」

言葉を上手く見つけられない瑞穂に、慶斗が優しく問いかける。梨香に蹴られた場所は、青あざができていた。

その傷を軽々と覆ってしまえる慶斗の手の大きさに、守られている安心感を抱く。

「大丈夫です」

「大丈夫と、痛くないは意味が違う。痛むか？」

静かな声でそう言った後、慶斗はじっと瑞穂の目を見つめてきた。

慶斗が瑞穂の言葉を待っているのだとわかる。

「……痛い……ですね」

聞き取れるかどうかの小さな声に、慶斗が頷いた。

「そうか。教えてくれてありがとう」

そう言って、彼は瑞穂を抱きしめる。

「……私の方こそ」

瑞穂自身が、思いを言葉にすることを諦めているのに、慶斗は諦めずにいてくれた。

そのおかげで、自分を理解して寄り添ってくれる人のいることが、どれだけ自分の世界を明るくしてくれるのか知ることができた。

「これからは、苦しいことを溜め込むな。君が話したい言葉だけでいいから、俺に聞かせてくれ」

優しく言い聞かせるような慶斗の言葉に頷き、瑞穂は、ゆっくりと口を開いた。

慶斗には、ちゃんと自分の気持ちを伝えていきたい。

「人間なので、傷付くことはあります」

「知ってるよ」

微笑む慶斗が、瑞穂の肩から背中へと手を移動させ、優しく包み込む。それだけで、言葉が足りなくても、自分の思っていることを話していいのだと伝わってくる。

「……感情を抑えられず、人を傷付ける人は嫌いです」

脚を蹴られたことが痛いのか、梨香の言葉が痛かったのか、自分でもわからない。

ただ、剥き出しの悪意に心が軋んだ。

「感情のまま人を傷付ける行為が嫌いだから、君はそうしないよう自分の感情を抑えてしまうんだね」

「自分がやられて嫌なことは、人にもしない。それは人間関係の基本です」

少し湿った声で話す瑞穂の言葉に、慶斗が頷く。

「そうだね。君は相手を傷付けないよう、あれこれ言葉を選びすぎるうちに、なにを言えばいいかわからなくなっている。だから仕事以外では、あまり喋らない」

「……」

「伝わりにくいだけで、君のそれは優しさだ」

その言葉に、目の奥が熱くなってくる。溢れそうになる涙を必死に堪える瑞穂に、少し体を離した慶斗が微笑みかけてきた。

「口数が少ない分、君の言葉には嘘がない。無条件で信じられる君の言葉は、俺の力になっているよ」

「……？」

「君が、愛していると言ってくれたら、俺はその言葉を信じる。君の思いを疑ったりしない」

自分はかつての恋人とは違うと、慶斗が教えてくれる。

「ありがとうございます。私も、慶斗さんを裏切るような発言は絶対にしません」

不器用で、言葉足らずな自分を無条件に信じてくれると言うのなら、瑞穂もその思いに応(こた)えるだけだ。

それが自分のできる、愛情表現。

「わかってる。そんな君が、俺にセンガホールディングスの社長になってほしいと言うのであれば、必ず叶えるよ」

彼は、はっきり宣言した。

「だから俺の隣で、それを見届けてくれ」

慶斗の側で瑞穂にしかできないことがある——そう言われた気がした。

「私でよければ」

そう笑顔で答える瑞穂を、慶斗が強く抱きしめた。

5　変化と悪意

慶斗の気持ちを受け入れてから、急に世界の色が変わったようだ。

鏡に映る自分と向き合い、瑞穂はそんなことを思う。

七月半ばの土曜日。慶斗と結ばれた日から、十日ほど経っていた。

今の瑞穂は、慶斗の言葉を信じて、伊達眼鏡をやめて前髪を下ろしている。

正直なところ、それだけでなにかが変わるとは思っていなかった。

だけど周囲は、予想外の反応を示してくれた。

最もわかりやすい反応を示してくれたのは杏奈だが、その他の社員も態度が以前とは違ってきている気がする。

一緒に仕事をする砂山には、話しかけやすい印象になったと言われた。

そう言われた瑞穂は、驚くしかない。髪形と眼鏡を変えただけで、態度自体が変わったわけではないのだ。

だけど一緒に仕事をする人が、今の方が接しやすいと言うのなら、やはり以前の自分には問題があったということだろう。

——本当に、慶斗さんの言うとおりだった……

瑞穂と周囲の変化を、彼が喜んでくれているのが伝わってくる。

自分の変化を受け入れるのを恥ずかしいと思う部分も確かにあった。

——だけど……

この頃、慶斗の目に自分がどう映るか気になって仕方ないのだ。

できれば可愛いと思ってもらいたい。そんなことを考えてしまう自分がいて、我ながらその心境の変化にビックリしてしまう。

恋愛やお洒落など、絶対に向いていないと思っていたのに……気付けば、その両方を戸惑いながらも楽しんでいる自分がいる。

——これも全部、慶斗さんのおかげだ。

オリンピックに出られなくてもスポーツを楽しむ権利があるように、どんなに不器用でも、自分に合った愛し方で恋愛をすればいいのだと、慶斗が教えてくれた。

彼との出会いに感謝しつつ、瑞穂は慶斗とのデートに向かった。


「パーティーですか？」

慶斗の運転する車の助手席に座る瑞穂が、不思議そうな声を上げる。

「そう。パーティー。今週末、系列会社の社長クラスが一堂に会する、センガホールディングス主催のパーティーがある。そこに同行してほしい」

「そんなパーティーに、私が同行していいんですか？」

系列会社の社長クラスという言葉に思わず腰が引けてしまう。そんな瑞穂に、慶斗が当然と言いたげに頷いた。

「社長直々のお招きだ」

「社長の？」

社長とは、センガホールディングスの社長のことだ。

「俺だけじゃなく、和佳や他の社長候補者にも声がかかってる。出向している社の部下を同行し、パーティーに出席するようにとのことだ。そこで、それぞれが任されているプロジェクトの進行具合について報告させるんだろう」

「わかりました。ドレスコードは？」

社長クラスが集まるパーティーなら、それ相応の服装が求められるはずだ。

頭の中で素早く必要事項をまとめつつ、気になる点を確認していく瑞穂に、慶斗が「それを今から買いに行くんだよ」と、笑った。

「なるほど……」

慶斗に週末空けておくようにと言われたが、行き先は教えてもらえなかった。

その理由に納得する瑞穂は、慶斗の横顔をそっと窺う。

「千賀観さん、なんだか嬉しそうですね」

ご満悦。という言葉がピッタリな表情をしている。そんな慶斗が「二人でいる時は、慶斗でいいよ」と言って続ける。

「君をお披露目できるのが嬉しいんだよ」

「仕事、ですよね？」

「もちろん仕事だけど……もし君が構わなければ、恋人として祖父に紹介するよ。他の社長たちも家族や恋人を同行させているし問題ない」

チラリと視線を向ける慶斗に、瑞穂が頬を引き攣らせる。

「それは……」

慶斗の祖父ということは、つまりセンガホールディングスの社長だ。まだ付き合っているという言葉を使っていいかさえ戸惑う状況で、さすがにハードルが高すぎる……

どう答えたらいいかわからず困り顔をする瑞穂に、慶斗が微笑む。

「冗談だよ。身内への紹介は、君が望むタイミングでいい」

「すみません」

「気にするな」

そうは言っても、なんとなく慶斗を拒絶したようで申し訳なくなる。

そんな瑞穂の頬を、信号待ちで車を停めた慶斗が撫でた。

「綺麗になったね」

伊達眼鏡を外し、きつく結っていた髪を下ろした。服も自分に似合う似合わないではなく、好きだと思うものを選ぶようにしている。

それを慶斗は、優しく見守ってくれていた。

「……ありがとうございます」

「この関係を終わらせる気が瑞穂にないなら、紹介を急ぐ必要はない。ゆっくり時間をかけて、二人のちょうどいいタイミングを決めればいいよ」

そう話す慶斗が、穏やかに微笑む。

その表情を見れば、彼が自分を大事に思ってくれているのがわかる。

瑞穂の表情も自然とほころんだ。

——幸せだ。

自分を理解してくれる人に出会えて、その人に愛されている。

この奇跡みたいな現実がくすぐったくて仕方ない。

上手(うま)く言葉で伝えることはできないけれど、頬を包む慶斗の手に自分の手を重ねる。

慶斗は瑞穂の手を握って、愛おしげに甲に口づけた。

休み明け。瑞穂が仕事をしていたら、デスクに出しっ放しにしていたスマホが震えた。

「はい、もしもし」

「やあっ。暑いね」

通話ボタンを押しながらオフィスを出ると、電話の向こうから峯崎の明るい声が聞こえてきた。

七月も半ば。梅雨明け宣言がされたと同時に、うだるような暑さが続いている。

峯崎は外から電話をかけているようで、時折、蝉時雨が漏れ聞こえてきた。

そのことを伝えると、峯崎は「東京の方が暑いでしょ」と笑う。

エアコンの効いたオフィスで暑さを感じないとはいえ、窓の外の街路樹は地面に濃い影を落としている。

「ところで、この前のメールの件だけど……」

数日前、瑞穂は峯崎に「おすすめのスタッフがいるビールスタンドを教えてほしい」と、メールした。

瑞穂たちのプロジェクトは、今のところ順調に進んでいる。

ミーティングを重ねた結果、大人の遊び心をテーマに、肉料理とビールを楽しんでもらうことを店のコンセプトとした。

長くリーフブルワリーの営業をしていた瑞穂は、ビール好きは、味と同じくらい泡を重視していることを知っている。

ビール愛好家のサイトなどには、高級サーバーが生み出す泡について語っているものが幾つもあった。

慶斗たちはそういったサイトを参考に話を進めているが、瑞穂は泡の重要性はもっと高いと思う。

言葉の足りない瑞穂だからこそ、ビール愛好家の泡へのこだわりがそう簡単に言葉で表現しきれるものではないとわかる。

そのくらい、美味しいビールにとって泡は欠かせない存在なのだ。

高価なサーバーで極限まで冷やし、キメの細かい泡と冷たいビールを売りにするビールスタンドもあるが、冷やしすぎない方が味が引き立つエールビールには使えない。

つまり、サーバーの機能だけでなく、上手な泡が作れる技術者——スタッフが必要になるのだ。

そこで瑞穂は、ビールを化学的に分析し、その美味しさにこだわる峯崎に意見を求めた。

「本当にありがとうございました。助かります」

察しのいい峯崎は、自分と面識のある有名ビールスタンドのスタッフで、引き抜きの誘いを受けそうな人を何人か紹介してくれた。

連絡先と彼らが勤める店の名前は、改めてメールで送ってくれるとのことだが、一応、瑞穂の意向を確認するために電話をくれたようだ。

「その後、御曹司とは順調なようだね」

一瞬、仕事とプライベート、どちらを言われたのかと焦る。だが、峯崎が瑞穂のプライベートを知っているはずもない。

「おかげさまで、プロジェクトは順調に進んでいます」

気持ちを落ち着かせて、いつもの調子でお礼を言って電話を切った。そのタイミングを待っていたように、誰かが瑞穂の肩を叩く。

振り向くと、人懐っこい笑みを浮かべる杏奈がいた。

「ああ、お疲れ」

「先輩、今日も素敵ですね」

瑞穂の声にさらに人懐っこい表情を見せる杏奈が、声を弾ませる。

「……ありがと」

戸惑いつつも、お礼を言う。

「千賀観さんの影響ですね。市ヶ谷さんが、先輩に失恋したって嘆いていましたよ」

杏奈がからかうようにニヤニヤする。

「それは……」

慶斗が市ヶ谷に、二人の関係をほのめかすようなことを言ったことがあった。その後、実際に付き合うことになったので嘘ではないのだが……

「先輩の言うとおり、仕事の神様はちゃんといて、頑張ってる人にはご褒美をくれるんですね」

そう言って嬉しそうに笑う杏奈に、居たたまれなくなる。

軽い気持ちで話したことが、こんな結果に繋がるとは思ってもいなかった。

「確かに、千賀観さんは、頼れるいい上司よ。考え方を変える、いいきっかけをもらったわ」

まだ慶斗とのプライベートな関係を公にしていないので、そう答える。

瑞穂の言葉に、杏奈もしみじみと頷く。

「先輩って、仕事が速くてなんでもできるから、誰にも頼らずサクサク仕事終わらせちゃうじゃないですか。だから、自然と一匹狼みたいになってたんですけど、千賀観さんも同じくらい仕事が速いから、今はお互いの速度がちょうどいいんでしょうね。お二人の息がピッタリなの、見ててわかりますもん」

「そう……かな？」

「そうですよ。お似合いのカップルです。いつから付き合っているんですか？　告白してきたのは、千賀観さんの方からですよね」

「――っ!」

直球すぎるくらい直球な質問に、瑞穂が硬直する。

そんな瑞穂の表情を見て、杏奈がニヤリと笑った。

「私は、千賀観さんも先輩も大好きなんです。見ていれば、二人の間の空気が変わったことくらいわかりますよ」

「えっと……」

どう答えればいいかわからず曖昧(あいまい)に微笑む瑞穂に、杏奈が可愛らしく唇を尖らせた。

「ずるいですよ先輩。千賀観さん、私が狙ってたのにー」

「……っ」

王子様に会えたと言って、喜んでいた杏奈を思い出し、申し訳なさを感じる。

結果彼女の夢を壊してしまったような現状をどう謝るべきか悩む瑞穂に、杏奈が「もう、冗談ですよ」と、おどける。

「私の気持ちは、ただの憧れです。それに、もし奇跡が起こって、千賀観さんに付き合おうって言われたりしたら、正直すごく困ると思うし」

「え……なんで?」

「んー、強(し)いて言えば、千賀観さんはパンダなんです」

「パンダ!?」

「そう。可愛いって騒ぐし、会えたら幸せだし、ぬいぐるみなら部屋に置きたいけど、実際にパンダをもらっても私じゃ飼育できませんし」

「国内のパンダは全て中国に所有権があるから、個人に贈与されることはないわよ」

思わずどうでもいいことで反論してしまう。

そんな瑞穂に、杏奈は「あはは、先輩らしいです」と微笑む。

「先輩、すごく懐が深いから、きっと千賀観さんも安心して心を許せるんでしょうね」

「そんなことない……」

懐が深いのは、慶斗の方だ。自分は、そんな慶斗に助けられてばかりいる。

瑞穂はそう思って俯くが、杏奈が首を横に振る。

「先輩は自分がいっぱい仕事を抱えていても、誰かが困っていたら必ず助けてくれます。知らん顔していればいいことでも、気付けば必ず気にかけてくれる。助けすぎないけど、無視はしない。いい先輩です」

「宮下……」

初めて聞かされたことに驚いて、瞬きを繰り返す。

——私、バカだ。

これまで、自分は誰にも理解してもらえないと決めつけていた。でもこんなに近くに、自分を見ていてくれた人がいたなんて。

慶斗は瑞穂が変わることで、周囲も変わると言ったけど、それは少し違うのかもしれない。

理解されていることに気付く心の余裕が、自分になかったのだ。

「私だって、甘えていい人とそうじゃない人の区別はつきます。余裕がない人や、自分より弱っている人に甘えたりしません。千賀観さんの立場なら、さらに人を選んでいるはずです。でも先輩になら、気を許しても大丈夫だと思ったんですよ」

ニカリと笑う杏奈が、いつもより頼もしく見えた。

「そうかな……」

慶斗みたいな人がどうして自分を、と今も思う。

だけど、嘘のない瑞穂の言葉を信頼していると言うのであれば、これからも本音で向き合っていきたい。そして、いつか自分も彼を支えられる存在になりたいと思った。

「そんなわけで、私のことは気にしないでください。でも、梨香さんには気を付けた方がいいかもです」

杏奈の顔つきが、さっきまでより真剣なものになる。

その言葉に、すでに治った脚の痛みを思い出す。

あれ以来、直接的な攻撃はないが、時折、慶斗の隣にいる瑞穂に攻撃的な視線を向けてきている。

もし梨香が、自分と慶斗のことを知ったら、どうなるのだろう……

「ありがとう。気を付ける。……あと」

「大丈夫。他の人には言いません。市ヶ谷さんも、私が先輩と仲がいいから愚痴(ぐち)っただけで、他の人には言わないと思います」

「ありがとう」

なんとなく、慶斗との仲を隠しているようで申し訳ないのだが、それ以外の言葉が見つけられなかった。

「でも千賀観さんの周りに、いい人がいたら、私に紹介してくださいよ」

相変わらずちゃっかりしている杏奈を見送り、瑞穂はオフィスに戻った。

自席に戻った瑞穂がパソコンをチェックすると、さっそく峯崎からのメールが届いていた。プリントした内容に店までのルートを添えて、慶斗に報告する。

「ありがとう」

瑞穂の話を聞いた慶斗が、「さすがだな」と小さな声で瑞穂を讃える。

「峯崎さんの知識と顔の広さ、あと人望のおかげです」

「候補は五軒か。遠方の店もあるな。……まずは店に赴(おもむ)いて、味を確かめるとするかな」

そう結論づけた慶斗は砂山と篠ヶ瀬に声をかけ、すぐに予定を立てていく。

それぞれのスケジュールを確認していた瑞穂は、自分に向けられる梨香の鋭い視線に気付いた。

露骨に睨みつけてくる梨香に視線を向ける。すると梨香は視線を逸らし、乱暴にドアを開けてオフィスを出て行った。

梨香の不機嫌な態度に、数人の社員が反応して顔をしかめるのが見えた。新人の女子社員に至っては、梨香の態度におののき、何度もドアを確認している。

仕事中でも気分のまま自分勝手に振る舞う梨香に、瑞穂は微かに眉をひそめた。

どうするか悩んだが、慶斗たちとの話が終わったところで、瑞穂は梨香の後を追った。


「梨香っ」

靴音を響かせ歩く梨香が、髪を揺らして振り返る。

「なに？」

露骨なほどに声が不機嫌だ。

子供の頃から梨香を知っている身からすると、このタイミングで話しかけるのはよくないとわかっている。だが、社会人として年を重ね後輩もいる状況で、これ以上梨香の態度を見て見ぬふりし続けるわけにもいかない。

「ああいう態度は、よくないよ」

瑞穂の忠告に、形よく整えられた眉が片方だけ上がる。

周囲を見渡した梨香が、休憩室が無人であることを確認し、中へ入っていった。

瑞穂もその後に従う。

「なにがよくないって？」

誰もいない休憩室の椅子に腰を下ろした梨香が、不機嫌そうに聞いてくる。

一瞬、どう説明しようか言葉を探したが、この状態の梨香になにを言ったところで怒るのは間違いない。

それなら、言うべきことだけ伝えるとしよう。

「梨香は社長の娘なんだから、職場ではもっと態度を考えて。梨香が不機嫌だと、下の子が気にするから」

「なにそれ、言いがかり？」

眉を寄せる梨香だが、さすがにビジネスマナーはわかるはずだ。というか、わかってほしい。そう願いつつ、言葉を続ける。

「子供の頃は、誰かが機嫌を取ってくれたかもしれない。けどもう子供じゃないんだから、会社でそういう態度をとるのはやめよう？」

「はっ、なにその優等生発言。瑞穂って、子供の頃からそうやって先生に取り入ってたよね。自分は正しいですって顔して、私のこと悪者にしてポイント稼ぐの」

露骨に嘲りの表情を向ける梨香に、小さくため息を吐く。

自分がいつ、先生のご機嫌取りをしたというのだろう。どちらかと言えば、正しすぎて融通が利かず、先生にも疎まれていた。甘えるのが上手い梨香の方が、よっぽど贔屓してもらっていたはずだ。

——今さらそのことを、議論する気はないけど。

思い込みの激しい梨香の頭の中では、いろいろなことが粘土細工のように、彼女の都合に合わせて形を変えてしまう。だから議論しても疲れるだけで、意味がないのだ。

「ねえ瑞穂、うざいから会社辞めてよ。どうせあんたもコネで入ったんでしょ?」

皮肉たっぷりの梨香の言い様に、唇を噛む。

梨香がどうだったかは知らないが、自分は他の社員と同じように試験を受け、きちんと手続きを経て入社している。

それに瑞穂がリーフブルワリーを選んだのは、親戚が社長を務めているからじゃない。

確かにとっかかりは、七年前、社長の親戚として関わった出来事がきっかけだった。

でもそこで出会った人たちをサポートしたいと思ったのは、瑞穂の意思だ。

「会社は辞めない。好きで選んだ仕事だから」

そう断言した瑞穂に、梨香が蔑んだ笑みを浮かべる。

「出た。優等生の発言」

話を聞くことを放棄した梨香の姿勢に、会話の限界を感じる。

どうしたらわかってもらえるか考えていると、梨香が大きなため息を吐く。

「最近は色仕掛けまで覚えて、ホント、嫌な女としてのレベルが上がったわよね」

明らかに瑞穂を傷付けるために吐き出された梨香の言葉に、ぐっと眉を寄せる。

幾つになっても、感情任せに人を傷付けて許されると思っている。瑞穂は梨香に、そういう態度を改めてほしいのだ。

「千賀観さんも、ホント女見る目ない。瑞穂なんかに騙されちゃって可哀想」

大袈裟に肩をすくめ、梨香が首を横に振る。

「――っ！」

「それとも瑞穂が、千賀観さんに利用されてるのかな？　瑞穂、仕事だけはできるから、適当におだてれば便利に動いてくれるもんね」

梨香の唇が意地悪く歪む。これが瑞穂を傷付けたいだけの発言だということはわかる。

でも、ここで相手のことを考えて黙り込んでしまっては、梨香はこの先も変わらない。

慶斗が諦めずにエールを送ってくれたから、自分は変われた。だったら瑞穂も、ここで簡単に諦めては駄目なのだ。

「勝手な思い込みで、人を悪く言うのはやめて」

いつもなら黙り込んでしまう瑞穂の反論に、一瞬だけ梨香が怯む。でもすぐに、怒りを露わにしてきた。

「なによそれっ！　本当のことを言っただけでしょっ！　瑞穂みたいな痛い女、千賀観さんが本気で相手にするわけないんだからっ」

ヒステリックな梨香の声が、休憩室に響く。

感情剥き出しの梨香に、瑞穂はできるだけ冷静に対応した。

「梨香がどう思うかは、梨香の自由だよ。でもそれが正しいとは限らない。自分の思うようにならないこともあるって――」

「はぁっ⁉」

瑞穂が最後まで言う前に、勢いよく梨香が立ち上がった。

がたんと椅子を倒しながら、梨香が瑞穂に歩み寄り胸ぐらを掴む。

――殴られるっ！

高く上げられた梨香の右手に、咄嗟に身構えた。

硬く目を閉じ、その衝撃に構える瑞穂だが、しばらく待っても梨香の手が振り下ろされることはない。

薄く目を開けた瑞穂は、振り上げた梨香の手首を掴む慶斗の姿に驚いた。

「……千賀観さん⁉」

「もういいだろ」

冷ややかな声を出す慶斗に、梨香の顔が青ざめる。

「違っ……千賀観さん、聞いてくださいっ、瑞穂が酷い言いがかりをつけてきて……」

状況を取り繕おうとする梨香から慶斗が視線を逸らし、瑞穂を見る。

「大丈夫か？」

「……はい」

「よく頑張った」

梨香の手を解放した慶斗が、瑞穂の肩を優しく撫でた。慶斗の手のぬくもりに、瑞穂の強張った表情がほっと解れる。

そのやり取りを見ていた梨香がハッと目を見開き、きつく唇を噛みしめた。

「信頼は日々の積み重ねだ。彼女が人から殴られるようなことなどしないと、俺は知っている」

「でも瑞穂が……」

「君がなにを言おうが、俺は君の言葉を信じない」

それでも話したいのであればどうぞ……と、慶斗が軽く首をかしげ、梨香の言葉を促す。

今までにないほど冷めた慶斗の口調に、梨香の目が潤む。それが、怒りからくるものなのか、悲しみからくるものなのかは、瑞穂にはわからない。

「話がないなら、俺たちは仕事に戻る」

慶斗はそう言って、瑞穂の腕を引き休憩室から出た。

「あの……」

タイミングがよすぎる慶斗の登場を不思議に思って、横を歩く彼を見上げる。

「彼女を追いかけて出て行ったのが見えたから。間に合ってよかった」

オフィスに向かう慶斗が、小声で言う。

その言葉で、慶斗が瑞穂を心配して捜しに来てくれたのだとわかった。

「ありがとうございます」

「念のため言っておくが、君をおだてて利用しなきゃいけないほど、俺の能力は低くない。ついでに言えば、自分が思っている以上に、女を見る目があったことを最近知った」

からかうようにニカリと笑った慶斗に、つい瑞穂は笑ってしまう。

「この先も、そう思ってもらえるよう、努力します」

「頼もしいな。俺には君が必要だ。それだけは、忘れないで」

そう言って、慶斗が瑞穂の背中をポンッと叩く。

先輩にならと、気を許しても大丈夫だと思ったんですよ——杏奈に言われた言葉が、胸によみがえる。

信頼され愛されている。その事実が嬉しい。

彼の信頼に応えるべく、自分も努力しよう。仕事もプライベートも楽しめるように頑張ろう。再びそう決意して歩き出すのだった。

翌日の火曜日。出勤中の瑞穂のスマホが鳴った。見ると慶斗からの着信だ。

「おはようございます」

「今どこにいる？」

挨拶もなく問いかけてくる慶斗の声には、どこか焦りを感じる。

「会社のすぐ近くです。トラブルですか？」

咄嗟に確認する瑞穂に、慶斗が一瞬言い淀んだ後、「違う」と言って言葉を続ける。

「悪いが社に寄らず、そのまま買い物を頼んでもいいだろうか？」

——なんだ、そんなことか。

声の感じから緊急事態を想像した瑞穂は、拍子抜けしてしまう。

承諾する瑞穂に、慶斗は早朝から営業している書店の名前をあげ、そこで探してほしい本があると話す。どうしても今日中に確認したい箇所があり、取り寄せでは間に合わないので直接買いに行ってほしいとのことだ。

欲しい本のタイトルは、書店に着くまでにメールするのでとにかくそのまま向かってほしいという慶斗に従い、とりあえず駅へと引き返した。

出勤する人の流れに逆らい駅に向かう瑞穂だったが、なんとなく違和感を覚えて足を止める。

——慶斗さんにしては、効率が悪い。

急いで入手したい本があるにしても、すでに開店している書店に向かわせるのであれば、先に店に電話して在庫の確認をした方が効率的だ。

瑞穂なら、間違いなくそうする。きっと、慶斗も瑞穂と同じ判断をするはずだ。

「それなのに……」

もしかして、慶斗の狙いは他にあるのではないか。

スマホを再び取り出した瑞穂は、一瞬考えてからある番号に電話をかけた。

「もしもし、先輩？」

電話の向こうから聞こえる杏奈の声が、強張(こわば)っている。

——やっぱりなにかあるんだ。

慶斗に聞いたところで、正直に答えてもらえるとは思えない。だからまずは、杏奈に探りを入れようと思ったのだが、いつになく緊張した杏奈の声にやはりなにかあったのだと察する。

そんな杏奈が、気遣わしげな言葉をかけてきた。

「大丈夫ですか？」

「……？」

「私も、他の人だって、あんなメール信じてません。だから気にしないでください！」

——あんなメール？

つまり、自分に関係するメールが、なんらかの事態を会社で引き起こしているということだろうか。そう推理する瑞穂は、杏奈にお礼を言って電話を切った。

そしてすぐ、慶斗へ電話をかける。

「もしもし」

「事実確認させてください。私に関して、なにが起きているんですか？」

ワンコールで電話に出た慶斗に、開口一番そう切り出した。

「……」

珍しく口ごもる慶斗に、たたみかけるように言う。

「自分に関することなら、私には知る権利があります。状況を把握できない状態では、リスク回避もできません」

「……わかった」

電話口でため息を吐いた慶斗が、諦めたように近くのカフェで待つよう指示してきた。

出社させないということは、それ相応のことが会社で起きているということだろう。

状況はわからないけれど、悪いことが起きている確信だけはある。その状況に胃の下がざらつく。

とりあえず、今は慶斗に話を聞かせてもらうのを待つしかない。

そう自分に言い聞かせて、瑞穂は指定されたカフェに向かった。

慶斗がカフェに姿を見せたのは、電話で話してから一時間以上経った頃だった。

「社長……」

しかもカフェに現れた慶斗は、リーフブルワリーの社長である平助を伴っている。

伏し目がちに瑞穂に挨拶（あいさつ）した平助は、神妙な面持ちで慶斗と並び瑞穂の向かいに座った。

「とりあえず、これを読んでくれ」

緊張する瑞穂に、飲み物を注文した慶斗が持参したタブレットを差し出した。

受け取ったタブレットは、慶斗宛てに送られたメールが開かれている。

「……なにこれっ！」

メールの内容を確認した瑞穂は、驚いた表情で顔を上げた。

そんな瑞穂に、慶斗が静かに頷いた。

「これが全部でたらめなのはわかってる」

アドレス登録されていない発信者から送信されているメールには、瑞穂に関する誹謗中傷が書き込まれていた。

感情任せな言葉を要約すれば、瑞穂は、社長の身内であるのをいいことに、好き勝手に振る舞い、他の女子社員を陥れ、センガホールディングスから出向している慶斗のサポート役を奪い取り、さらに色仕掛けで業務を混乱させているといった内容だ。

メールの最後は、悪いのは瑞穂一人であり、慶斗は瑞穂に騙された被害者であると綴られていた。

瑞穂はつい昨日、こうした感情任せの言葉を聞いたばかりだ。

都合よく事実をねじ曲げ、自分の好き嫌いで悪者を決める内容に、「会社辞めてよ」と言い放った梨香の顔がちらつく。

「君を少しでも知っている人なら、これが根も葉もない嘘だとすぐにわかる」

「私を知っている……」

ということは、瑞穂と面識のない人にもこのメールが送られているということだろうか。

そう推測する瑞穂に、ハンカチで額の汗を拭う平助が頷いた。

「これと同じ内容のメールが、リーフブルワリー関係各所に一斉送信されている」

「……え？」

関係各所とは、一体どこまでを指しているのだろう。嫌な予感に青くなる瑞穂に、慶斗が口を開く。

「全てと思ってもらっていい」

「社内だけでなく、取引先や、センガホールディングスをはじめとする系列会社の全てに、このメールが送られているそうだ」

取引先や系列会社……つまり、レイクタウンのプロジェクトに関わる会社にも送信されているということか。

あまりのことの重大さに、息を呑む。

「なんてことを……」

このメールが与える影響を考え、思わずそう呟いてしまう。

瑞穂の目を見ようとしない平助は、自分同様、犯人に目星がついているのだろう。

だが、今は犯人を明らかにすることより、事態の収拾を図るべきだ。

慶斗が瑞穂を出社させないことから考えて、すでに会社にこのメールに関する問い合わせが来ているのかもしれない。

「退職した方がいいでしょうか？」

早期の事態収拾を考えるなら、それが一番だろう。

しかし瑞穂の提案を、慶斗が「その必要はない」と一蹴する。

「ですが……」

この状況は、プロジェクトの進行はもちろん、社長候補としての慶斗の立場的にも好ましくないはずだ。

自分のせいで他の社長候補がつけ入る隙を作ってしまったのではないかと、心配になる。

「君は悪くない。悪いのは、このメールを送った人間だ」

慶斗に厳しく睨まれ、平助が縮こまる。

「千賀観さんの仰るとおりです。根も葉もないメールを理由に、瑞穂が退職する必要はありません。メールの送信者についても、きちんと探し出し処罰を考えます……」

平助がしどろもどろに、言葉を発した。

「メールの送り先を考えれば、この会社の人間が関与しているのは明らかだ。取り引き先のメールアドレスといった顧客情報の取り扱い一つとっても、社には重大な責任があるはずです。貴方には本当に犯人を探し出し、処罰する覚悟があるんですね？」

慶斗に強く念押しされ、平助の表情が硬くなる。それでも、苦悶の表情を浮かべながら、ぎこちなく首を縦に動かした。

瑞穂としては、犯人の処罰よりも優先しなければならないことがある。

「では早期事態収拾のために、私はなにをすればいいですか？」

彼のため、自分はなにをすればいいのだろう。

慶斗が口を開くより先に、別の声が聞こえた。

「とりあえず、本社を離れてはどうだろうか？」

そう言ったのは、平助だ。

慶斗の視線に縮こまりながら、おずおずと続ける。

「商品開発部の峯崎から、君が欲しいと言われている。今のプロジェクトが終わったら営業に戻すつもりでいたが、この際、ほとぼりが冷めるまで静岡勤務をしてはどうだろうか？」

「ふざけるなっ！　何故彼女が異動しなきゃいけない。彼女にはなんの非もないだろう。そもそも犯人は……」

「憶測での発言は控えてください」

咄嗟に瑞穂は慶斗を諫める。慶斗がグッと拳を握って言葉を呑み込んだ。

たとえ犯人に察しがついても、慶斗の立場を考えれば不用意な発言をさせるわけにはいかない。

「このメールを送った者の処罰については、責任を持って考えます」

なにか苦いものを呑み込むように、平助が話す。

「このまま瑞穂が本社勤務を続けるのは、外部との接触も多いだけに辛い目に遭うと考えられます。彼女を守るためにも今は本社を離れた方が、いろいろ落ち着くと思います」

いろいろというのは、主に梨香の気持ちだろう。

確かにこの一件を収束させない限り、瑞穂がプロジェクトに残っても、営業に戻っても、業務に支障が生じそうだ。

「……」

チラリと視線を向けると、慶斗が難しい顔で黙り込んでいる。

いつもなら多少強引なハッタリをかましてでも、物事を効率的に進める慶斗だが、これに関してはすぐに答えを出せないようだった。

正しい、正しくないで言えば、こんなの正しいわけがない。だけど間違っていると声を上げるだけでは問題は解決しない。それは、慶斗が教えてくれたことだ。

内心で覚悟を決めて、瑞穂は目の前の慶斗を見つめる。

しばらくして、深く息を吐いた彼が顔を上げた。

「まず栗城社長は早急に、関係者のアドレスが悪戯目的で使用されたことに関し、各所に謝罪してください。それと共に、これ以上メールアドレスが悪用される心配がないことも説明してください」

静かな口調で指示を出す慶斗が、平助を真っ直ぐ見つめて言った。

「根も葉もないメールを送った犯人は、社内の者だと断言していただいて結構です」

「いや、しかし……まだ……」

「栗城社長は、社外に顧客情報が流出したとお考えですか？　だとすれば、今以上の責任問題に発展する恐れがありますが」

証拠がないと言いたげな平助に、慶斗がはっきりと釘を刺す。亀のように首をすくめる平助に、慶斗が淡々と話す。

「栗城瑞穂君の異動に関しては、保留とする」

「……わかりました」

「最後に確認しますが、犯人は社内にいる。そして、栗城社長には、その犯人を厳重に処罰する覚悟がある。その認識でよろしいですね？」

「……はい」

平助が、消え入りそうな声で頷いた。

「それと、栗城君には、申し訳ないが……」

「今日は、このまま会社を休みます」

慶斗の言わんとすることを読み取り、先に瑞穂が言う。

瑞穂が出勤しても、混乱を招くだけだろう。会社のためにも、慶斗のためにも、これ以上の混乱は望ましくない。

「駅まで送る」

レシートを手にレジへと向かう瑞穂を慶斗が追いかけてきて、そのまま支払いを済ませる。

駅へと並んで歩く慶斗が、手帳を取り出しなにかをメモすると、そのページを破り取って、カードと共に瑞穂に差し出してきた。

「これは？」

「俺のマンションの鍵と正面ロビーの暗証番号。ウチで待ってて」

慶斗の部屋に泊まったことはあるが、さすがに家主のいない部屋に上がるのは躊躇われる。

「自分の家に帰るので、大丈夫です。もしなにかあったら、電話してください」

居場所がわかるようにしておきたいのかもしれない。そう考えた瑞穂に、慶斗が首を振る。

「駄目だ。君の家は、従姉も知っているだろ？」

さすがに梨香も、家にまでなにかをしてきたりしないと思いたいが……

足を止める慶斗が瑞穂の肩に手を置き、真っ直ぐに見つめてきた。

「守りきれなくて、ごめん」

肩に乗せた手を腕へと滑らせ、手を握る慶斗が悔しそうに眉を寄せる。彼が梨香のしたことに責任を感じているのだとわかった。

——悔しい。

会社や慶斗が受ける被害をなにも考えずに、こんなことをしでかした梨香にも、彼にこんな顔をさせてしまった自分にも、腹が立って仕方ない。

「慶斗さんは、なにも悪くないです」

「いや……。センガホールディングスのトップに立つと言っておきながら、側にいる大事な人一人守れないなんて……」

悔しげにグッと奥歯を噛みしめる慶斗の手を、瑞穂が強く握り返す。

——慶斗さんは、こんな顔をしてちゃ駄目だ。

慶斗のことだ、瑞穂が頼めばいつもの強気の笑みを見せてくれるだろう。

だけどそれは、瑞穂の望んでいる形ではない。

慶斗の心が伴わない表情では意味がないのだ。

彼に心から笑ってもらうためには、瑞穂も強くならなくちゃいけない。

「千賀観さんの部屋で待たせてください」

それで慶斗が安心するのならそうしよう。

「ありがとう」

差し出されたメモと鍵を受け取りながら、慶斗を見上げる。

「私の本音を言ってもいいですか？」

「……？」

慶斗が視線で、促してきた。

「商品開発には興味があります。だから、静岡への異動は私にとって悪い話じゃないですよ」

「じゃあ……」

静岡に行くのかと、慶斗が聞くより早く、瑞穂が首を横に振る。

「でもそのタイミングは、今じゃありません。興味があることだからこそ、逃げ場にはしたくないんです」

そんなの、真摯に商品開発に携わっている峯崎たちに失礼だ。

慶斗がありのままの瑞穂でいいと言うなら、正しくないことを理不尽な形で我慢したくはない。

この件で、慶斗が責任を感じる必要はないし、瑞穂が泣き寝入りする理由もどこにもないのだ。

それに、慶斗一人に解決策を委ねるのは、瑞穂の性分に合わない。

ならば一緒に道を探して、先に進むべきだろう。

「慶斗さんの部屋で、待ちます。だから貴方は安心して、プロジェクトを進めてください。私も、今後の対策を考えます」

瑞穂の言葉に、慶斗の目に闘志が宿るのがわかった。

「貴方を信じています」

「承知した」

出会った頃と少しも変わらない強気の表情を見せた慶斗に、瑞穂は微笑んだ。

夜、慶斗の部屋にいた瑞穂は、帰宅の連絡を受けて玄関で彼を出迎えた。

「おかえりなさっ……」

出迎えた瑞穂を、慶斗が強く抱きしめてくる。

「こういうの、いいな」

「な、なにがですか？」

強い抱擁(ほうよう)に息苦しさを感じつつ、瑞穂が聞く。

「君が待っている場所に帰る。これはなかなかいい気分だ」

今は楽観的状況ではないはずなのに、慶斗の声はいたって朗(ほが)らかだ。

「私は、待っているだけなんて嫌です」

安全な場所で、事態が収拾するのをただ待っているなんて性に合わない。慶斗と一緒に戦いたい。

そう言うと、慶斗の腕の力が緩む。

「君はそういう人だ」

一瞬、また言葉を選び間違えたのだろうかと不安になる。しかし見上げた慶斗は、誇らしげに微笑んでいた。

「続きは、リビングで話そう」

彼はそう言って、部屋へと入っていった。

リビングに入った慶斗はスーツのジャケットを脱ぎ捨て、ソファーに腰を下ろす。

「一日、その格好でいたの?」

スツールに投げ捨てられた彼のジャケットを拾い上げ、ハンガーにかける瑞穂に慶斗が聞く。

「急だったので」

今の瑞穂は、ジャケットは脱いでいるがシャツとタイトスカートという、出社する際に着ていたスーツ姿のままだ。

「これからは、ここにも君の着替えを用意しておくよ」

自然に口にされた言葉で、慶斗がこれからも瑞穂がこの部屋に来ることを歓迎してくれているのだとわかった。そのことを嬉しく思いつつ、瑞穂はその後の事態を尋ねる。

「会社はどんな様子でしたか？」

「なんの反応もなかったと言えば、嘘になる。だけど君を知っている人は、悪質な嫌がらせだと、君に同情している」

「……梨香は？」

どうしても、彼女の反応が気になる。

「悪い意味で、変わりない」

そう返す慶斗の声に、苛立ちが滲んでいる。

慶斗の話によると、社内の大半の者がメールの送信者が誰か察しているらしい。だが、相手が相手なだけに、証拠もない状態で非難できずにいるようだ。それをいいことに、梨香は瑞穂に同情的な発言をしつつ、ご機嫌な様子で過ごしていたのだという。

「そうですか。だとすれば、社内の空気はかなり悪いですよね？」

「ああ……」

このままでは、リーフブルワリーが、内側からも外側からもボロボロになってしまう。

「これ以上、梨香の好きにさせるわけにはいきません。私が休むことで梨香が増長するというなら、明日から会社に行きます」

「会社のために？」

「それもあるけど、私たちのためにです」

会社のためにも、慶斗のためにも、今の状況を見過ごすような自分にはなりたくない。

決意を固めた様子で話す瑞穂に、慶斗が言う。

「少し前に、和佳にワインをかけられたのを覚えている？」

「もちろん」

それがきっかけで、自分の正直な気持ちに気付けたのだ。いろいろな意味で、忘れられるわけがない。

頷く瑞穂に、慶斗が微笑む。

「あの時、少しも怯まず正しい発言をする君の姿に、俺は惚れ直したんだよ」

「……ど、どうも」

自分に向けられる愛おしげな視線が恥ずかしくて、上手く言葉が出てこない。

ぶっきらぼうに答える瑞穂に、慶斗が告げた。

「俺も、君と同じでいたい」

「……？」

「どんなにくだらない嫌がらせをされても、自分が正しいと思う道を貫くよ」

その発言に、瑞穂も頷く。

「はい。だからこの問題とも、ちゃんと向き合いたいです」

毅然とした態度で話す瑞穂の頬を、慶斗がそっと撫でる。

「そんな君だから、俺はどうしようもなく惹かれてしまうんだ」

「……っ」

慶斗の熱っぽい視線に囚われて瑞穂が息を呑む。頬にあった慶斗の手に、柔らかく顎を捕らえられた。

「愛してる」

短いキスを交わして、慶斗が囁く。

「私もです」

「君がそう言ってくれるなら、俺に怖いものはない」

強気な笑みを浮かべ、慶斗が瑞穂を抱きしめる。そうしながら片手で瑞穂のシャツのボタンを外し始めた。

「け、慶斗さんっ!?」

「皺になるから、脱いだ方がいいだろ？　とりあえず、俺の服を貸すよ」

「いえ、帰って着替えるから大丈夫です」

「帰さないよ」

焦る瑞穂に、慶斗が迫ってくる。静かな声だが、有無を言わさぬ強さを感じた。

「……っ」

「明日から、また忙しくなる。今日くらい、二人でゆっくり過ごしてもいいだろう？」

そう言われると、断ることができない。

瑞穂が黙ると、それを肯定と受け取った慶斗の手が再び動き出した。

「じ、自分で……脱ぎます」

「駄目だ」

「それに、食事とか、お風呂とかっ」

ただでさえ明るい場所で肌を晒すことにまだ抵抗があるのに。自分を見つめる慶斗の熱い視線は、着替えだけでは済まないことを物語っている。

「全部、後でいい」

一度はそう言い放った慶斗だが、すぐに動きを止め、なにか納得した様子で一人頷いた。

「いや、やっぱり一緒にシャワーを浴びよう」

「……えっ、遠慮します！」

そんな恥ずかしいこと、できるわけない。

頬を引き攣らせる瑞穂が思い切り首を左右に振るけれど、慶斗は名案とばかりに「そうしよう」と、笑顔で瑞穂のシャツのボタンを外していく。

「無理ですっ」

「無理じゃないよ。先にお風呂に入りたいと言ったのは瑞穂だ」

「……キャッ」

焦る瑞穂を、慶斗が軽々と抱き上げる。

「けっ……慶斗さんっ、シャワーは一人で……」

「嫌だ。離れたくない」

ハッキリした口調で告げる慶斗に、瑞穂が反論の言葉を呑み込む。

慶斗がこの調子で話す時は、絶対に自分の意見を曲げないとすでに学んでいる。

そしてなにより、愛している人に強く求められて拒めるわけがない。

軽々と瑞穂を抱き上げたまま歩く慶斗は、バスルームの洗面台の上に彼女を座らせた。

高級ホテルの洗面所を思わせる大理石の洗面台は広く、瑞穂が座っても余裕がある。

足が床に届かない不安定さから、しっかりと台に手をついた。

そんな瑞穂と向き合った慶斗は、再び彼女のシャツのボタンに手をかける。

「慶斗さん、自分で……」

「却下」

ボタンを全て外した慶斗が、瑞穂の首筋に唇を寄せた。

「――っ」

肌に触れる唇の感触に、肌がゾクリと粟立つ。

瑞穂が身を強張らせているうちに、慶斗は彼女の肩からシャツを落とすと、キャミソール越しにブラジャーのホックを外した。そのまま、両方をまとめて脱がされてしまう。

さらに慶斗は、スカートのファスナーを下ろしていく。

「腰を浮かせて」

露わになった瑞穂の胸の膨らみに唇を寄せながら慶斗が命じる。

肌の上を彼の吐息がくすぐり、体の奥に小さな火が灯った。

「……ズルイ」

瑞穂が、消え入りそうな声で慶斗をなじる。

慶斗は絶対に瑞穂が拒めないと承知しているに違いない。

気恥ずかしさを感じながらも、軽く腰を浮かせると、あっさりスカートも脱がされてしまった。

肌に直に触れる大理石が冷たくて、つい腰をくねらせてしまう。

しかしその動きは、見ようによっては男を誘っているように映ったかもしれない。熱い吐息を零した慶斗が瑞穂の薄い茂みをかき分け、脚の付け根を撫でてきた。

「あっ」

不意に敏感な場所を触られ、瑞穂が甘い声を漏らす。

「瑞穂、もう濡れてる」

慶斗の指摘に、瑞穂の頬が熱くなる。

なんだかんだ言っても、慶斗に強く求められて、瑞穂の気持ちが昂っているのは事実だ。

だがそれを言葉で意識させられると、恥ずかしくて堪らなくなる。

「今度は瑞穂が、俺の服を脱がせて」

これまで男性の服を脱がせたことなどない。困って彼の顔を見上げると、ちゅっと口づけられた。

彼は瑞穂の背中に手を回して体を支えながら、先を促してくる。

それでも、なかなか動き出せずにいると、慶斗がからかうように微笑んだ。

「それともここで、このましていい？」

「だっ駄目ですっ！」

瑞穂が、慌てて首を横に振る。そして緊張した手つきで、慶斗の胸元のボタンに手を伸ばした。

緊張から深く息を吸い込むと、彼の深いトワレの香りが鼻孔をくすぐる。

いつの間にか日常の一部になっていた彼の香りを感じながら、シャツのボタンを全て外した。慶斗は自らシャツとインナーを脱ぎ捨て、再び瑞穂の腰に手を回す。そして、耳元に口づけた。

「よくできたね。次は下だよ」

「……っ」

彼の言葉に視線を落とすと、布越しにも彼の昂りがはっきりとわかる。

彼が自分を求めているという事実に、瑞穂の体の奥が熱く疼いた。

震える手でベルトを外し、ズボンのファスナーを下げていく。自然と慶斗のものに瑞穂の手が触れた。

下着の中で窮屈そうなのが気の毒で、思い切って下着も下ろす。たちまち、興奮して赤黒く脈打つ慶斗のものが露わになった。

それを見るだけで、この先にある行為の激しさを予感して息を呑む。

「大丈夫。そこまでせっかちじゃないよ。まずは体を綺麗に洗ってあげよう」

慶斗のものを見たまま固まっている瑞穂に、慶斗が苦笑する。

「え、いえ……」

洗ってもらわなくてもいい。

拒否する隙を与えず、さっさと服を脱ぎ捨てた慶斗が、瑞穂を抱き上げバスルームに入った。

「あの……」

バスルームの床に下ろされた瑞穂は、恥ずかしさから慶斗に背中を向ける。

慶斗は、そんな瑞穂の背中にシャワーをかけ、ボディーソープを泡立て始めた。

「ほんとに……自分で洗えますッ………あっっ」

ボディーソープでぬるつく手で胸を覆われ、瑞穂の体が跳ねる。

咄嗟に後ずさった背中を慶斗の体に包み込まれ、完全に逃げ場がなくなってしまった。

「遠慮しなくていいよ」

そう言って慶斗は、楽しげに瑞穂の体を洗っていく。

背後から乳房をすくい上げられ、硬くなった胸の先端を指で挟まれる。

ボディーソープのついた指で胸の先端をしごかれ、体の奥に痛みに近い疼きが生まれた。

慶斗は瑞穂の反応をより引き出そうとするように、淫らにいやらしく胸に指を滑らせていく。

時折、大きな手で胸全体を鷲掴みにされるが、泡まみれの胸はするりと手の中からすり抜けてしまう。

その感触が楽しいのか、慶斗は執拗に瑞穂の胸を弄ってきた。

普段とは違う滑らかな指の動きが堪らない。繰り返される胸への愛撫に、瑞穂は背中体を反らした。

「あぁっ……もう、胸は駄目っ…………」

「嘘つきだな」

背後から覆い被さる慶斗が、より淫らに瑞穂の胸を刺激していく。

「ふぁっ…………はぁっ…………ん……っ」

「ほら、瑞穂のここ、こんなに硬くなってる」

硬く尖った乳首を指で摘まんで捻じられて、瑞穂の背中が大きく跳ねた。

「はぁっ……っやぁっ……っ」

止めどなく与えられる刺激に、瑞穂の口から嬌声が漏れる。

慶斗はその反応を楽しむように、指を妖しく動かしていく。

胸から腰へ下がった手が、無防備な陰部に触れた。いきなり弱い場所を弄られて、体がガクガクと震えてしまう。

「感じる？」

瑞穂の反応に、慶斗が楽しげに確認してくる。

「……っ」

そんなこと、恥ずかしくて言えるわけない。

でも、瑞穂が言葉にできなくても、慶斗は確実にその思いを読み取っていく。

　ボディーソープを絡(から)めた指で、すっかり赤く敏感になっている淫核を摘(つ)まれると、立っていられないほどの快感が背中を走り抜けた。

「やぁっ……慶斗さんっ！　それ駄目っ」

　脚から崩れ落ちそうになる瑞穂を、慶斗がお腹に手を回して支える。しかしもう一方の手は、変わらず瑞穂の弱い場所を攻め続けていた。

「瑞穂、鏡を見てごらん」

　どこか意地の悪さを含んだ慶斗の言葉に、瑞穂はのろのろと顔を上げる。そこには、頬を上気させ恍惚(こうこつ)の表情を浮かべた自分がいた。

　——これが、私……

　慶斗に与えられる淫(みだ)らな刺激に陶酔(とうすい)し、目を潤(うる)ませ頬を赤く染める自分は、酷く物欲しげな顔をしていた。

　鏡を見ながら絶句していると、後ろに立つ慶斗と視線が合う。

　自分は今まで彼にこんないやらしい顔を見せていたのかと思うと、恥ずかしさで消えたくなる。

　なのに慶斗は、瑞穂に見せつけるみたいに指を動かしていく。

　慶斗の長い指が、滴(したた)る愛蜜を纏(まと)わせ硬くなっている肉芽を撫でる。

「あっぁっ」

肉襞を這う焦らすような指の動きに、瑞穂は無意識のうちに腰をくねらせた。

直後、肉芽を指で弾かれて、膝から崩れ落ちそうになる。

堪らず瑞穂が前屈みになると、臀部に慶斗の昂りが触れた。

さっき目にしたばかりのそれが脳裏によみがえり、どうしようもなく奥が疼く。

「瑞穂のここ、ヒクヒクと震えているよ。……もう、挿れてほしい？」

瑞穂の心を読み取ったような慶斗の質問に、瑞穂が慌てて首を横に振る。

「お願い。ここでは……しないで……」

自分の腰を掴んで離さない慶斗の腕に指を食い込ませながら、瑞穂が懇願する。

「本当に駄目？」

慶斗の質問に、瑞穂が激しく頷く。

「わかったよ」

仕方がない、といった様子で慶斗が言った。

ホッと安堵の息を吐いた瞬間、瑞穂の中に慶斗の指が沈み込んできた。

「ふぁっ！」

安心していた瑞穂の体は、いきなりの刺激に敏感に反応してしまう。

慶斗の指は、瑞穂の蜜を絡めるようにしてゆっくり沈んでくる。

長い指が肉襞を撫でる感触に、知らず瑞穂の腰が震えた。

二回、三回と、円を描き媚肉を撫でた指は、一度抜き出され、すぐに三本に増えた。

さっきとは違い、一気に奥まで突き入れられ、瑞穂は大きく背中を仰け反らせた。

「あぁあっ！」

悲鳴にも近い瑞穂の喘ぎ声を口づけで塞ぎ、慶斗は沈めた指を浅く深く動かし始める。

繰り返し指を抽送されるうちに、瑞穂の体から力が抜けていく。

もはや慶斗の腕がなくては、立っていることもままならない。

「瑞穂、もっと感じて」

自分の腕にしがみついて身悶える瑞穂の耳を甘噛みしながら、慶斗が囁く。

その言葉に、瑞穂は激しく首を振るが、慶斗がその願いを聞き入れてくれる気配はない。

それどころか、瑞穂の耳に舌を這わせて、さらに激しく指を動かしてきた。

「やっ……そんなに強くしないでっ……」

瑞穂はもがいて慶斗の手を解こうとしたけれど、もともと力の差がある上に、散々弄ばれた体では力が入らず、彼の腕から逃れることができない。

腰を支えていた方の手が、熱を持って膨らむ淫核を刺激してきた。

「ああっ！」

彼の指の動きは滑らかで、容赦なく瑞穂の体を責めていく。

慶斗から与えられる刺激によって、下腹部に宿る淫靡な痺れが大きくなっていった。

それに耐えられなくなった瑞穂が小刻みに肩を震わせると、慶斗は項や背中にキスを落としつつ、抽送を速めていく。

「あああああぁっ――っあっ！」

直後、強烈な快楽が、瑞穂の爪先から頭のてっぺんへ突き抜けていった。

全身を震わせ背中を仰け反らせた瑞穂は、次の瞬間、慶斗の腕の中に崩れ落ちる。

ぐったりと体重を預けてくる瑞穂を抱きしめ、慶斗は顔中にキスをしてきた。

「続きはベッドで」

シャワーを出して、二人の体についた泡を洗い流しながら慶斗が言う。

「……っ」

瑞穂は、とても無理だと首を横に振る。

だけど慶斗が、その願いを聞き入れてくれることはないだろう。

瑞穂を軽々と抱き上げバスルームを出た彼は、再び大理石の洗面台に瑞穂を座らせ、濡れた体を丁寧にバスタオルで拭いてくれる。

「これ以上は……」

「愛しているからこそ、そのお願いだけは聞いてやれないな」

瑞穂の長い髪を優しく拭く慶斗の息遣いは乱れていて、どこか苦しげだ。

「……ズルイです」

そう言われてしまっては、瑞穂に拒めるわけがない。

口元をほころばせる慶斗は、瑞穂の顎を持ち上げ口づけた。

湿った唇の感触に、全身が震えてしまう。

抑えきれない愛おしさから慶斗の背中に腕を回すと、彼の鼓動を強く感じた。

トクトクと速いテンポで脈打つ鼓動が心地よく、うっとりと瞼を閉じると、慶斗が掠れた声で告げる。

「どうしようもなく、君がほしい」

「私もです……」

慶斗の激しさに戸惑いつつも、瑞穂自身、本音では彼を求める気持ちを抑えられない。

その思いを素直に言葉にし、瑞穂から唇を寄せた。

「私こそ、どうしようもなく慶斗さんを求めてしまいます」

この人が自分を必要としてくれる。

その事実があれば、この先、どんな困難だって乗り越えていける。

慶斗の胸に体を預け、心から愛する人と一緒にいられるという事実を噛みしめた。

「ありがとう」

愛おしげに囁く慶斗が、宝物を抱えるようにそっと瑞穂を抱き上げた。

6　この恋のためにできること

社長クラスが集まるセンガホールディングス主催のパーティーは、予定どおりその週の週末に開催された。

パーティー会場は、歴史あるホテルのレストランを貸し切りにして行われ、テラスから出られる中庭は目の前の海が一望できる。

初夏の空気を楽しむ目的か、パーティーは昼下がりに開始された。そのため、会場にいる男性はモーニングコートとフロックコートが半々といった感じだ。その間で、艶やかなアフタヌーンドレスを着た女性たちが楽しげに談笑している。

水槽の中を漂う熱帯魚のようだ。瑞穂自身、彼女たちと遜色のない装いをしている。髪をアップにし、赤を基調にしたハイウエストのチュールドレスに身を包み、さながら金魚のようだ。

髪のセットからメイクまでプロに任せた姿は、何度鏡を見ても自分とは思えなかった。

「思ったより、女性が多いんですね」

隣に立つ慶斗に、小さく声をかける。

系列会社の社長や重役クラスを招いてのパーティーと聞いていたので、男性ばかりかと思っていたが、会場には女性の姿が目立つ。

「招待客には、関係者の家族も含まれているからね。子供だけでなく、お孫さんも是非にと祖父が声をかけたそうだ」

瑞穂と並んで会場を眺める慶斗が、二つ持っていたシャンパングラスの一つを手渡してくる。

遊び心のあるスタイリッシュなフロックコートを着こなした慶斗は、モデルみたいにカッコいい。彼は瑞穂に向かって軽くシャンパングラスを掲げて、そのまま口に運んだ。

「なるほど……。でも、子連れの家族を招待したかったのなら、会場には、もう少し配慮が必要でしたね。あとメニューにも」

歴史と伝統のあるホテルのレストランでは、使用されている食器やグラスは基本高級品だ。

テラスから出られる中庭も、植物の配置にこだわり、細部まで手が行き届いている。

料理長自慢のビュッフェ形式の料理は、舌の肥えた大人を唸らせるためにはいいが、わかりやすい味を好む子供には向かない。

上品な大人の介暇を楽しむには最高だが、子供連れで楽しむのは難しいだろう。

「そう？　俺は子供の頃から、こういった場に連れてこられていたけど」

とくに問題を感じていなそうな慶斗に、瑞穂は小さく肩を落とす。

なんだかんだいって、この人はセンガホールディングスの御曹司なのだ。人に傅かれるのに慣れていて、こういうところでは気が回らない。

「主催者側ならともかく、招待された子会社や関連会社の人間は、ただでさえ緊張しているはずです。そんな中、自分の子供や孫が駆け回り、あまつさえ食器を割ったり、失礼な言動があったりしてはと気が気じゃないかと」

同じ子会社の社長といっても、会社の規模や収益によって皆が対等とはいかない。当然、創業者一族のご機嫌も気になるところだろう。

常に周囲へ気を使わなくてはいけない状況で、遊びたい盛りの子供や孫を野放しにする勇気は、なかなか持てないはずだ。

「そんなものか？　子供のすることなんだから、気にする必要なんてないのに」

慶斗がどこか納得のいかない表情を見せる。

上に立つ側に生まれた人間には、ピンとこない意見らしい。

その時、後ろから「なるほど」と、声が聞こえてきた。

振り向くと、中年の男性を従えた、フロックコート姿の老人が立っている。

顔に皺が多く痩せているが、姿勢がいいため貧相な印象は受けない。むしろ実年齢を考えれば、若々しいとさえ言えるだろう。

白髪頭で豊かな顎髭を持つ彼の顔には、瑞穂も見覚えがあった。

「社長」

まずは慶斗が、センガホールディングスの社長であり、祖父でもある千賀観國彦に頭を下げる。そして、國彦が従えている男性にも「ご無沙汰しております」と頭を下げた。

短く交わされる会話の中で、慶斗が男性を、「叔父さん」と呼んだ。

――ということは、この人が千賀観郁太氏。

慶斗、和佳と並び、センガホールディングスの社長候補と言われている一人だ。

郁太が視線を向けたタイミングで、慶斗が瑞穂を紹介した。

瑞穂の名前に、郁太がわかりやすく反応を見せる。

間違いなく郁太のもとにも、例のメールが届いたのだろう。

「噂に興味はない。事実の報告だけを聞こう」

不自然な沈黙を破って國彦が口を開くと、郁太の表情が引きしまった。

慶斗も姿勢を正し、現在のプロジェクトの進行具合を報告していく。

しばらくの間、慶斗の話に耳を傾けていた國彦は、満足げに頷くと「堅苦しい話はこれくらいで」と、瑞穂に視線を向けた。彼は立派な顎髭を一撫でして、瑞穂に質問してくる。

「さっきの話の続きだが、生憎と孫たちは全員独身で子供がいない。せっかくだから、孫たちが子供を身近に感じられる機会にもなればと、家族連れでの参加を促したが、参加者は誰も小さな子供を連れてきていない。その理由は、お嬢さんが話していた会場の選択ミスだけによるものだと思うか？」

――これは正直に答えていいのだろうか。

一応慶斗にお伺いを立てるべく視線を向けると、彼がどうぞと顎を動かした。

そこで瑞穂は、改めて國彦と正面から向き合う。

「人が多く集まるこういった場所では、子供という存在に過剰反応を示す方もいらっしゃいます。子供は時に予期せぬ行動に出ることがあるので、お互いのためにも、連れてくるのを控えたのではないかと思います」

たとえば、以前会った和佳のように、初対面にもかかわらずいきなり攻撃してくる人間もいる。そのことを考えれば、自分や子供を守るという意味でも、連れてくるのを避けるだろう。

「もちろん考え方は人それぞれですが、子供に対し過剰な反応を示さないと参加者に徹底させることができれば、もう少し子供を連れてきやすくなるのではないでしょうか」

ふむ……と、小さく唸り顎髭を撫でる國彦が、楽しそうに目を細める。

「それは難しいな」

「はい。そんな状況で子供を連れてこいというのは度胸試しの一種か、社長への忠誠心を試されているとしか思えません。ただその場合、対象が子供や孫のいる人に限られるので、公平性には欠けると思いますが」

瑞穂の忌憚のない意見に、國彦が承知したと頷く。

「なるほど、参考になった。だがそんなことで忠誠心を確かめなきゃいけないほど、私の求心力も、人を見る目も衰えてはいないよ」

口調こそ穏やかだが、彼の鋭い眼差しは、それが事実だと語っている。

「失礼いたしました」

頭を下げる瑞穂を見て、國彦が面白そうに「聡い子だ」と言って笑う。

——完全に子供扱いされている。

「だが聡い子は、失敗が少ない分逆境に弱い。若いうちは失敗を恐れることなく、困難や障害を楽しむくらいの気持ちでいるといい」

目尻の皺を深くして、國彦は瑞穂の肩をぽんと叩いた。

ずっと雲の上の存在だと思っていた人に突然そんな助言をもらうと、なんだか仙人にお告げを受けたような気分になる。

先日のメールは、國彦のもとにも届いているはずだ。

そこで中傷されていたのが、目の前の瑞穂であることは彼も承知しているに違いない。

だとすればこの言葉は、國彦からのエールと受け取ってもいいのだろうか？

「はい。心がけます」

ハッキリと答える瑞穂の目をまじまじと見つめ、國彦がなにか納得した様子で頷く。

「今後、このような宴を催す際には、貴女の意見を参考にさせてもらうよ」

その時、「あらっ」と、甲高い声が聞こえた。

「お祖父様、こちらにいらっしゃったのね」

見ると、黒いドレスに身を包んだ和佳が、笑みを浮かべて近付いてくるところだった。

この前の若い男性とは違う、中年の男性が彼女の後を追ってくる。

「ああ、お前か。ちょうどいい」

國彦が手招きすると、和佳が歩く速度をわずかに速める。そうやって歩み寄ってきた和佳は、慶斗の隣に立つ瑞穂をしばらく観察して、ハッと息を呑んだ。どうやら一瞬、瑞穂とわからなかったらしい。

和佳は國彦と肩を並べて立つと、瑞穂と慶斗に攻撃的な視線を向けてくる。

――社長から見えなくても、他の人には見えているのに。

公衆の面前で、個人的な感情は隠すべきだ。まして次期社長候補であるならなおさら。

それができないなら、人の上に立つべきではない。

「彼女、栗城瑞穂さんは、リーフブルワリーで慶斗の補佐をしているそうだ」

國彦がそう、和佳に紹介してくれる。

瑞穂の名前を聞いた和佳の眉が、大きく跳ねた。

もちろんメールの件は、和佳も承知しているだろう。でもこの瞬間まで同一人物だと気付いていなかったらしい。

——あの時も、自己紹介したんだけど……

傘下の弱小企業の一社員の名前など、端から覚える気はなかったのだろう。

だが和佳は、いい玩具を見つけたとばかりに、いびつな笑みを浮かべて小さく呟いた。

「そう、貴女が栗城瑞穂」

そんな和佳を横目で窺い、郁太が咳払いをする。たちまち彼女は表情を改め、社交的な笑みを作り、挨拶する。

「栗城さん、はじめまして。千賀観和佳です」

はじめまして……ということは、この前のことは、なかったことにするようだ。そうすると、さっき瑞穂に驚いたことに説明がつかなくなるというのに。

瑞穂が挨拶するより早く、和佳が意地の悪い笑みを見せた。

「栗城と言えば……」

やっぱりメールの件で、慶斗を攻撃する気なのだ。身構える瑞穂の隣で、慶斗が強気な笑みを浮かべて口を開いた。

「はじめましてじゃないですよ」

よく通る声で言った慶斗は、「年々、自制心と認知機能が低下していきますね」と、爽やかにキツイ嫌味を言うことを忘れない。

「——なっ⁉」

「それに私は、貴女から彼女に対する謝罪がなかったことを忘れていません」

先手必勝。堂々と和佳の過失を話題にする慶斗の強気な態度に、和佳が唇を震わせる。

そんな二人を静観していた國彦が、髭を撫でて和佳を見やった。

「そういえば先日、私が懇意にしている店で、随分はしゃいでいたそうだな」

口調こそ穏やかだが、声に凄味がある。

傍観者だと思っていた國彦の言葉に、和佳がビクッと身を強張らせ慶斗を睨む。だが、同じく驚いた様子の慶斗から察するに、彼が告げ口したわけではなさそうだ。

すぐになにかを察して肩をすくめる慶斗とは違い、化粧の上からでもわかるほど和佳の顔から血の気が引いている。

対照的な二人を眺めていた國彦は、乾いた笑い声を漏らす。

「私の懇意にしているレストランで、内緒話ができると思っているのか？　己に向けられる敬意が、誰の恩恵によるものかわかっていないのは、二人ともまだまだ子供ということかな？　言っておくが郁太、お前が私が付き合いを禁じた建築会社の者と親しくしていることも承知しているぞ」

いきなり國彦に名指しされた郁太も、顔を蒼白にする。

「か、家族を監視しているんですか!?」

思わず、と言った様子で郁太が声を荒らげた。

口にしてから慌てて手で口を押さえる郁太に、國彦が諭すように言った。

「監視などではない。単に、誰がボスかを承知している者は、なにかあれば必ず私に報告してくるというだけだ。普段であったら、和佳の悪酔いや、郁太のこざかしい企みくらい、いつものことと流すかもしれんが、今は誰もが噂に敏感だ」

瑞穂から慶斗、和佳へと視線を移していく國彦は、言い含めるように言葉を続ける。

「周囲から干渉されるのが嫌なら、センガホールディングスから離れればいい。私は、出ていく者を引き留めてやるほど、暇も優しさも持ち合わせていないから、それで自由になれる。しかし、この先も会社に留まるつもりならば、自らの行いがもたらす結果をよく考えて動くべきだ」

國彦の言葉に、社長候補と言われる三人の表情が引きしまる。

そんな三人に向かって頷き、國彦は駄目押しとばかりに言った。

「それを承知で私の後を引き継ぐというのであれば、その覚悟を評価する」

身内に対して冷たいようだが、大企業を統べる者には必要な強さなのかもしれない。

その姿勢は、物事を効率的に進めるために多少のハッタリも必要、と話した慶斗とよく似ている。

——数十年後の慶斗さんと話しているみたいだ。

瑞穂が感慨深く眺めていると、國彦は「さて」と、和佳を見やる。

「で、お前は、今どんな仕事をしている？」

國彦の言葉に、和佳は慌てた様子で近くに控えていたお供の男性を呼び寄せる。その人が、全て和佳の采配でつつがなく進行していると報告すると、國彦が髭を撫でながら彼に問う。

「あんたさんは、センガホールディングスの社長候補なのか？」

「ま、まさかっ！」

予想外の言葉に男性社員が慌てふためく。男性から、和佳に視線を向けた國彦が厳しく告げた。

「自分の仕事は自分の言葉で話せ。話せないなら、人の上になど立つな」

その言葉に、和佳の頬が引き攣った。

口元こそ笑みを浮かべてはいるが、奥歯を強く噛みしめているのがわかる。咄嗟に周囲へ視線を走らせた和佳が、瑞穂に視線を定めた。

「そんなことよりお祖父様、慶斗に関するメールの騒動はご存じかしら？　それこそ、社長候補としての資質が疑われる問題だと思いますけど」

形勢が悪くなった和佳が、強引に話題を変えた。自分のことを棚に上げ、慶斗を攻撃してくる。そして、赤い唇をいびつに歪めて瑞穂を見た。

「……そうですね」

口を開いたのは瑞穂だ。

「その節はお騒がせして、申し訳ありませんでした」

國彦に頭を下げる瑞穂の声に被せるように、和佳が吠える。

「大事な時期に、とんでもないスキャンダルだわ。とんだイメージダウンを招いてくれたものね」

今が攻撃のチャンスとばかりに、和佳は大袈裟にため息を吐き、額を押さえる。

そして慶斗に非難めいた視線を向けた。

「この騒動の責任、貴方はどう取るつもり？」

鬼の首を取ったがごとく声高に話す和佳に、慶斗が冷静に言い返す。

「お言葉ですが……」

瑞穂の口癖を真似た慶斗は、瑞穂をチラリと見て強気に微笑んだ。

「和佳さんは、ウチがただの悪戯メール一通でどうにかなるほど脆弱な企業だと思っているのですか？　だとすれば、一から勉強し直した方がいい」

「なんですってっ!?」

心底呆れた様子の慶斗の言葉に、和佳が声を荒らげる。

「なかなか手厳しいな」

國彦が顎髭を撫でながら笑う。彼は和佳ではなく、その父である郁太に目を向けて問いかけた。

「のお郁太、お前は、己の身の丈もわからず心のバランスを崩して足掻く子と、子の力量を測れず、身の丈に合わぬ期待を背負わせる親、どちらが滑稽に見える？」

その言葉に、郁太が無言で和佳に視線を向ける。

彼には國彦の言わんとすることがわかっているのだろう。

じっと無言を貫く郁太に、國彦が続ける。

「言っておくが、私はお前の身の丈を承知している。だから必要以上に期待はせん。それが親としてかけてやれる情だと思っている」

その言葉に、郁太がグッと唇を噛む。そんな郁太を庇うように、和佳が声を上げた。

「お祖父様っ！」

そんな和佳に、國彦は穏やかに告げた。

「だが番頭としては、悪くないと思っている。代替わりすれば、今のようなこざかしい企みが許されるようになると思ってはいかんがな。それに和佳、お前も、いつまでも傲慢なお姫様でいられると思うな。お前が人を許してこなかった分、周囲もお前を許さなくなっていると、そろそろ気付け」

一見冷酷に受け取れる言葉だが、そこには確かに、親として、祖父としての愛情があるとわかる。

才能というものは、自分の意思で得られるものではない。

だが、社長に向かなくても、自分に適した場所で己の能力を発揮すればいいのだ。

おそらく國彦は、そう言っているのだろう。

「見晴らしのいい場所は、風当たりも強い。しっかり目を見開いているのも大変だ。今以上に周囲が見えなくなるし、心のバランスを保つのも大変になる」

その風当たりの強さに耐えられないなら、ここには来るな。一時、窓の外へ視線を向けて眩しげに目を細めた國彦が言う。

そして國彦は、黙り込む郁太親子に背を向け歩き出す。

すれ違いざま、視線でついてこいと言われたので、瑞穂は慶斗とその後に続いた。

「悪さした子供への仕置きは、これくらいで許してもらえるかな？」

二人に声が聞こえない距離まで来ると、國彦が瑞穂に笑いかける。

「……」

こんな結末を望んでいたわけではないので、許すもなにもない。

今回のメールの一件が慶斗に影響を与えるだろうことは考えられたし、和佳がこの件で攻撃してくることも予想できた。

だが慶斗は、堂々とそれを受けて立つと言ったのだ。

和佳がメールの件で攻撃してくるというのは、それだけ普段の慶斗の仕事に問題がないことの証明になるといって。だから慶斗としては、この場ではっきり力の差を見せつけ、和佳たちより抜きん出る心づもりでいたのだろう。

それが、思いがけず社長の心の内を知る結果となった。

「ところで、これから君はどうするつもりだ？　あれが悪戯だったとしても、影響がまったくないわけではないだろう？」

「普通に仕事をします」

興味本位といった感じで國彦が聞いてきたので、つい軽い調子で返してしまった。

どこか雰囲気が慶斗に似ているので、親しみやすさを感じてしまうが、彼はセンガホールディングスという大企業の社長なのだ。

自分の失態に気まずさを覚えて、軽く咳払いをしてから続ける。

「初日こそ混乱しましたが、冷静に考えれば私にはなんの非もありません。それなのに、私が責任を取ってどうこうする必要はないと思っています」

「ごもっとも。だが居心地が悪いのではないかね」

「よくはないです。でも考えようによっては、周囲に注目してもらえるいいチャンスになるのではと思って」

「ほう、チャンスと？」

「はい。以前出向してきたばかりの千賀観さんと、商品を売るに当たり、消費者の商品イメージの重要性について話し合ったことがあります」

あれ以来、慌ただしい日を過ごしていたので、あの日のことが随分昔に思える。

そんなことを思う瑞穂の隣に立つ慶斗が、会話を引き継いだ。

「私は、地ビールと一括りにされがちなリーフブルワリーの商品に、よりプレミアムなイメージをしっかり根付かせるべきだと言いました。でも彼女に、大事なのはまず消費者に商品を手に取ってもらうことだと反論されました。彼女は、今回のこともそれと同じだと言うんです」

「同じ？」

國彦が瑞穂に視線を向けた。その視線に応えるように瑞穂が説明する。

「私になにも恥ずべきことがないなら、いつもどおり仕事をして、メールの内容が根も葉もない嘘だと行動で証明しようと思いました。そう腹を括ると、今回の一件は、プロジェクトに注目を集めるのに悪くないと思ったんです」

確かに好奇の日に晒されるのは、愉快なことではない。

中には、興味津々で話しかけて来る人もいた。でも、瑞穂がきちんと対応すれば、メールに書かれたことが嘘だとわかってくれる。逆にこちらは、プロジェクトについて知ってもらえる機会を得ることができるのだ。

以前慶斗にも言ったが、大事なのはまず相手に知ってもらうことである。

「ほうっ」

感心したように唸(うな)る國彦に、慶斗も頷いた。

「私も彼女と同意見です。千賀観の名があるとはいえ、まだまだ若輩者。まずは存在を知ってもらう必要があります。こんな騒動に巻き込まれるうつけ者を見てみたい。そう思って声をかけてくれる人がいれば、儲けものですよ」

「お前らしくもない。プライドを捨てた策に出たな」

面白そうにからかってくる國彦へ、慶斗はいつもと変わらぬ強気な態度で首を振る。

「プライドを捨てた覚えはありません。己に自信があるからこそ、直接話をする機会さえ作れれば、相手に力を示すことができる。こんなことで、どうこう言われるほど安い仕事はしていませんから、名刺代わりにちょうどいい。誤解は、時間をかけて解きます」

慶斗の言葉に、國彦が驚いた顔をする。

「せっかちなお前にしては、随分と悠長なことだな」

「我を貫くことだけが正解ではないと、彼女に教えてもらいました」

「なるほど。出向して、いろいろ学んだようだな」

「そうですね」

慶斗の言葉に、國彦が目を細め、ご機嫌な様子で髭を撫でる。

「それは、出向させた甲斐があった」

嬉しそうな國彦の表情を見ていると、彼の心は最初から決まっていたのではないかと思える。

　でもそれを口にしないのは、彼なりの配慮なのかもしれない。

　候補を複数立てることで、慶斗が実力で後継者の座を勝ち取ったと、周囲に印象づけることができる。それと同時に、他の候補者たちにも名乗りを上げるチャンスを与えたことで、自分の力量を納得させることができる。

「で、お前は、そこまで世話になった女性を助けてやらんのか？」

「まさか。ただ残念なことに、彼女はそこまで弱くありません。今回の件も、彼女が自分でケリをつけると言うので、私はサポート役に徹するしかないんです」

「ケリをつける？」

　好奇心の浮かんだ眼差しを向けてくる國彦に、瑞穂が頷く。

「騒動を起こした人には、自分がしたことの重大さをきちんと自覚してもらいます。その上で、しっかり責任を取らせようと思っています」

「なるほど、正しい意見だ。だが正しさを押しとおすのは、骨が折れるぞ」

承知していると瑞穂は微笑んだ。

「……以前の私なら、声を荒らげるくらいなら、痛みを我慢してやり過ごす道を選んでいたでしょう。でも我慢することが、大事な人に負担をかけることになるのなら、戦います」

覚悟を感じさせる瑞穂の言葉に、國彦が優しく目を細めて頷いた。

「困難や障害を楽しめるなら、なによりだ」

満足げに話す國彦に一礼し、瑞穂と慶斗はその場を離れた。

そのまま会場で目的の人物を探すと、すぐにその姿を見つけることができた。

向こうもこちらに気付いたらしく、パッと表情を輝かせる。

「千賀観さんっ」

梨香が声を弾ませて慶斗に駆け寄ってきた。一呼吸置いて、隣の瑞穂に視線を向け、たった今存在に気付いたとばかりに驚きの表情を作る。

「瑞穂、あんなことあったのに来てたんだ」

慶斗の前だから感情を抑えているのだろうけど、その声は苛立ちが隠せていない。

梨香にとっては、瑞穂が以前と変わらず出社しているだけでも目論見が外れたのに、華やかなこの場に出席していることが気に入らない様子だ。

「仕事として、私が同行を頼んだ」

慶斗が静かな口調で説明する。

「そうなんだ。言ってくれれば、私が代わってあげたのに。あんなことあった直後だから、瑞穂が一緒じゃ、千賀観さんにも迷惑がかかるだろうし」

「……」

少しも悪びれる様子のない梨香は、あくまでも自分はメールの件とは無関係だといった態度を貫く。

「私も心配してるのよ。犯人もわからないし、悔しいよね。私にできることがあったら、なんでも言ってね。なんだったら、今からでも代わってあげるから家に帰ったら?」

梨香は両手で顔を隠し、大袈裟に心配してくる。その横で、平助が青い顔をして瑞穂と慶斗の顔色を窺っていた。

「ありがとう。でも、その必要はないわ」

瑞穂の言葉にはっきり眉をひそめた梨香は、口の端を歪めて言い放った。

「あんなことがあっても平気で会社に来るなんて、ほんと、心の作りが私とは違うわ。鈍いって、得よね」

瑞穂は、そんな梨香の嫌味を無視して平助に視線を向けた。

「社長、先日のメールの件で、ご報告させていただきたいことがあるのですが」

その言葉に、平助の肩がビクッと跳ねる。

「ここではなんですので、場所を変えましょうか」

そう提案したのは慶斗だ。

慶斗の言葉に、チラッと梨香に視線を向けた平助がぎこちなく頷いた。


パーティー会場であるレストランの個室に、慶斗が場所を用意してくれた。

クロスがかけられたテーブルに、瑞穂と慶斗、平助と梨香という組み合わせで向かい合って座る。

「先ほどの話ですが……」

ウエーターの給仕が終わるのを待って、さっそく瑞穂が切り出す。それに合わせて、慶斗がジャケットの胸ポケットから三つ折りにした書類を取り出し瑞穂に渡した。

「これは？」

瑞穂を介し書類を受け取った平助が、戸惑った表情で書類を広げる。

「先日の悪戯メールの送信元に関する情報について、弁護士を通じて通信会社へ開示請求を行いました」

瑞穂の言葉に、平助だけでなく梨香の顔色も変わる。

「な、なんでそんなことっ！」

テーブルを叩いて立ち上がった梨香が、ヒステリックに叫ぶ。

そんな梨香と対照的に、瑞穂はどこまでも冷静な口調で告げた。

「私には、知る権利があるからよ。同時に、犯人に自分が犯した罪の重さを理解させ、償わせます。隠れているなんて卑怯だし、場合によっては法的手段を考えるつもりよ」

その言葉に、梨香が瑞穂を睨む。

「法的手段って、なに考えているわけっ!? あんなのただの悪戯じゃないっ! いちいち弁護士通じて情報開示請求とかって、大袈裟に騒ぐなんてみっともないわよ。パパも、この子にちゃんと言ってやってよっ!」

未だにことの重大さをまったく理解せず叫ぶ梨香に、平助が頭を抱える。

苛立った梨香がさらになにか言うより早く、慶斗が口を開いた。

「栗城社長は、リーフブルワリーの顧客データを悪用した犯人を探し出し、厳重に処罰すると約束されました。もちろん、彼女の判断に異存はないですね?」

有無を言わせぬ慶斗の気迫に、平助が力なく項垂れる。

「パパッ!」

「梨香……お前は瑞穂と同い年だ。同じ時間リーフブルワリーにいて、一体なにを学んできたんだ? 何故、そんな心のない子に育った……」

「なに言って……」

「ことの重大さも考えずにこんな騒ぎを起こしておいて、ただの悪戯で済まされると思っていたのか？　お前のせいで、我が社にも千賀観さんにも、どれほどの迷惑がかかったか、まだわからんのかっ！　お前の好き勝手な振る舞いに、どれだけの人が傷付いているかわからんのか？」

梨香に向かって怒鳴った平助が両手で両耳を塞ぐように頭を抱えて唸る。

「もう庇いきれん」

「パパ……でも悪いのは……」

「黙りなさいっ」

普段温厚な平助に怒鳴られ、梨香が瞳を潤ませながら瑞穂を睨む。

ここにきても、まだ反省する気のない梨香へ、瑞穂が最後通牒を突きつける。

「ただし、メールの発信者が判明する前に、犯人自ら責任を取って辞職するなら、これ以上の追及は行いません」

平助が顔を上げ、悔しそうに唇を噛む梨香を見る。

瑞穂からすれば、平助は伯父であり、梨香は従姉だ。長年の付き合いや情もある。できることなら許したい気持ちもあるが、会社やそこで働く社員のことを考えるとそうもいかない。

「……期限は、一週間くらいだと考えてください」

瑞穂がそう宣告すると、平助が立ち上がり、慶斗と瑞穂に深々と頭を下げる。

「リーフブルワリーの経営責任者として、きちんと責任を取らせます。もし、犯人がそれを納得しないようでしたら、法的手段をとっていただいて構いません」

平助の言葉に、梨香が初めて青ざめる。

自分を擁護(ようご)する人間がいなくなったことで、ようやく事態の重さに気付いたのかもしれない。

再び深く一礼する平助は、梨香の腕を取り引きずるようにして部屋を出ていった。

「開示まで一週間……って、さすがにそんなに早くは無理だと思うぞ」

二人が部屋を出て行った後、慶斗が首をかしげながら言う。

そんな慶斗に、瑞穂は真面目な顔で頷いた。

「承知してます。あれは、ハッタリですから」

肩をすくめる瑞穂へ、慶斗が驚いた顔を見せる。

そんな彼の反応に思わず笑みを零(こぼ)しながら、瑞穂は言った。

「ここは学校ではないので、迅速に物事を進めるべく、慶斗さんを見習ってハッタリをかましてみました」

そう言って、「日々学んでいるのは、慶斗さんだけじゃないんです」と、強気な笑みを見せた。

「そのようだな」

一瞬キョトンとした後で、前髪を掻き上げながら慶斗が楽しそうに笑う。

「これも、慶斗さんのおかげです」

「俺の？」

「慶斗さんが私と出会ってくれたから、大切なことに気付くことができました。なにを守りたいか、なにを優先するべきか、慶斗さんが私に教えてくれたんです」

だからこの状況を、乗り越えることができた。これから先も、彼と前に進みたいと思える。

「それは、俺も同じだよ」

慶斗が、テーブルの上に置かれていた瑞穂の手に自分の手を重ねて引き寄せる。瑞穂の手の甲に口づけながら囁（ささや）くように告げた。

「君が側で見ていてくれるなら、俺は道を間違えずにいられる気がする。だから、ずっとこの手を離さないでいてほしい」

「はい」

以前峯崎に、生真面目な瑞穂とタフな慶斗の組み合わせは面白いと言われたことがある。

今なら、彼の勘は間違っていなかったと断言できる。

二人は異質だからこそ、最高の相乗効果が生まれるのだ。

パーティーの後、せっかくお洒落をしたのだからと、慶斗がレストラン近くの港から出航しているクルージングに連れ出してくれた。船上での夕食を楽しみ、慶斗のマンションに寄る頃にはすっかり夜になっていた。

「休み明けに、梨香が退職届を出すそうです」

慶斗のマンションに着いたタイミングで、平助からメールが届いた。

「そう」

ネクタイを外し、ベストを脱いだ慶斗は、それらをソファーの背もたれに投げかけそのまま座る。

瑞穂も、慶斗の隣に腰を下ろした。

「……」

「どうかした?」

表情を曇らせる瑞穂に、慶斗が気遣わしげな視線を向ける。

「いえ……」

一瞬どうしようかと言い淀んだ瑞穂だったが、慶斗には自分の気持ちを隠しておきたくないと口を開く。

「本当に、これが最良の策だったのかと思って」

身内だからといって、梨香がしたことを許すわけにはいかないが、つい、もっと違うやり方があったのではないかと考えてしまう。

「君が考えて決断したことなら俺は信じる。本来なら栗城社長がやるべきことだったと思うが、親として娘を切ることはできなかったのだろう。ただ、最良かどうかはともかく、彼女をあのままにしていたら事態はもっと悪化していたということだけは断言できる。だから、誰かが間違いを指摘して、それを正す必要があったんだよ」

「そうですね」

きっと、梨香には今まで以上に恨まれる。でも自分が決断しなければ、慶斗か平助が決断を下すことになっていただろう。自分が恨まれたくないからと、決断を誰かに押しつける人間にはなりたくなかった。

晴れない顔をする瑞穂の前髪を、慶斗がクシャリと撫でる。

「……君は優しいね」

「……っ」

「正しいからこそ、辛い決断だった」

身内に容赦ない——そう思われても仕方ない決断を下した瑞穂の辛さを、慶斗はわかってくれる。この人がそう言ってくれるなら、それでいい。

「ありがとうございます」

「今すぐは無理でも、数年後には彼女も、これでよかったと思ってくれるかもしれない」

「そうですね……そうだといいです」

彼がそう言ってくれるのであれば、その言葉を信じたい。

不器用に微笑む瑞穂に、慶斗も笑った。だが、すぐに困ったように視線を逸らす。

「君に言っておくことがある……」

「どうかしましたか？」

「二人の関係を公表するのは、君の納得がいくタイミングでいいと思っていたが……たぶん、祖父には俺たちの関係がバレたと思う」

「――えっ!?」

驚く瑞穂に、慶斗が諦めた様子で言った。

「和佳の暴走を知っていた祖父が、あの日、俺たちがホテルに泊まったのを知らないわけがないんだ」

「ああ……」

――ごもっとも。

気まずい顔をする瑞穂に、慶斗が「嫌だった？」と聞く。

「嫌ではないですが、気まずいです。……なんとなく」

慶斗との関係を、どうしても隠しておきたいわけではなかった。だけど、いざ関係を人に知られたとなると、恥ずかしい。

その感情の根拠を考えていた瑞穂は、やがて「ちょうどいいかもしれません」と、呟いた。

「ちょうどいい？」

「はい。自分から公にするのは、やっぱり恥ずかしいので。だったらいっそのこと、周りの人に気付いてもらった方がいいかと思って」

「なるほど」

慶斗が瑞穂の肩に手を置く。そのまま自分の方へ瑞穂を引き寄せたと思ったら、慶斗の唇が首筋に触れた。

「……っ」

首筋に触れる柔らかな感触に、瑞穂が一気に緊張する。そんな彼女の反応を楽しむように、慶斗が唇の隙間から舌を出し、瑞穂の肌を撫でながら言う。

「よかった」

「な、なにがです？」

「俺のこと、誰にも知られたくないのかと思って少し不安だった」

「そんなつもりは、ないです」

慶斗が、そんなことを気にしているなんて、考えたこともなかった。

そのことで、慶斗を傷付けていたら、と心配になる。

「あの……ただ、はっきり言葉にするのが、恥ずかしかっただけで……」

慌てて付け足す瑞穂に、慶斗が「そうか」と、ホッとした様子を見せる。

そして再び瑞穂の首筋に唇を寄せると、今度はチリリと痛みを感じるほど強く吸いついた。

慶斗は瑞穂の背中に手を回し、ドレスのファスナーを下ろしていく。そうしながら、唇で瑞穂の首筋を強く吸う。

「あの……」

鈍い痛みに瑞穂が体をよじると、やっと慶斗が唇を離してくれた。

「自分から言わなくても、恋人がいるってわかるようにしようと思って」

どこか悪戯(いたずら)な表情を見せる慶斗の思惑を理解し、瑞穂が慌てて首筋を押さえる。

「まさか……キスマーク？」

確かにこんなものを付けて出勤すれば……いや、だけど、それはさすがにどうなのだろう。

首筋を押さえ困り顔を見せる瑞穂に、慶斗が目を細める。

「冗談だよ。それくらいなら数日で消えると思うし、その位置ならシャツで隠れるよ」

そう話しつつ、背中に回されていた彼の指がゆっくりと下がっていき、ドレスの下の体が露わになっていく。

「慶斗さん……」

瑞穂の背中を、慶斗の指が優しく這う。

滑らかな肌の手触りを楽しむみたいな指の動きに、瑞穂は背中を震わせた。

くすぐるような甘い動きで、慶斗は瑞穂を優しく誘う。

「いいだろ？」

確認するように問いかけてくるけど、彼の指は返事を待つことなく瑞穂の肩を撫でる。

そうすることで、ドレスが瑞穂の上半身から滑り落ちていった。

明るいリビングで裸の胸を晒されて、咄嗟に瑞穂は体をよじる。

だけど慶斗の腕が背中に回されていて、完全に逃れることはできない。

「だ、駄目って言ったら、やめてくれますか？」

若干の期待を込めてそう問うけれど、慶斗は「やめない」と、強気に笑う。

その言葉どおりに、彼は瑞穂をソファーに押し倒し、覆い被さってきた。

こんな場所で行為におよびそうな状況が恥ずかしく、瑞穂は体を反転させて手近にあったクッションを抱きしめた。

「意地悪だな」

剥き出しになっている背中に、慶斗のシャツが触れるのを感じる。彼は抵抗を試みる瑞穂を楽しそうになじった。

でもそれで諦めるような慶斗ではない。自分の下に瑞穂を閉じ込め、剥き出しの背中に舌を這わせた。

「……っ」

ヌルリと生温かな舌が肌を這う感触に、瑞穂の背中が小さく跳ねる。

唾液に濡れた慶斗の舌が、ねっとりと肩甲骨から首筋へと移動していく。

「あっ……」

背中を這う舌が、酷く熱い。

淫らに動く彼の舌に、瑞穂が背中を震わせる。その反応に気をよくしたのか、慶斗はさらに大胆に瑞穂の背中を舐め回した。

「瑞穂の肌、甘い」

背中を唾液で濡らしていく慶斗が、熱く掠れた声で言う。

そう言われると、シャワーを浴びていないことが途端に気になってくる。

「やだ……今日汗かいているのに、もう、やめてください」

夏の日差しの中を動き回っていたし、その後も二人で出かけたから、体が汗と埃にまみれているに決まっている。

恥ずかしさを募らせる瑞穂だが、慶斗が解放してくれる気配はない。

それどころか、執拗に瑞穂の肌を舌と唇で愛撫してくる。

「んっ……やぁっ………あっ……駄目ってす……」

背中や首筋を弄んでいた舌が、耳朶に触れると、ぞわぞわした甘い痺れが瑞穂の体を包み込む。

もどかしさから首を動かすと、緩く結い上げた髪が慶斗の頬に触れた。

「どんなに拒んでも、逃がさないよ」

そう囁く慶斗の手が、瑞穂の胸に触れる。

そして、柔らかな胸の弾力を確かめるように蠢いた。

時に痛みを感じるほど強く胸を揉まれると、ムズムズした熱が籠もってくる。

「ふ……んぅっ………」

体に籠もる熱を逃がしたくて息を吐く。その声が驚くほど甘い。

羞恥に顔を赤くする瑞穂の耳元に、慶斗が顔を寄せて囁いた。

「瑞穂、硬くなってる」

「――っ！」

恥ずかしさに身を強張らせる瑞穂の肩を掴み、体の向きを変えさせる。

再び瑞穂の上に覆い被さった彼が、硬く尖った胸の先端を口に含んだ。

そのまま乳首を、舌で弄ぶ。

尖った乳首を舌で押し込むようにしたり、乳輪ごと舐め回したり強く吸ったりすると、瑞穂の体から力が抜けていく。

いやらしく貪るように胸を弄ぶ慶斗は、獲物を捕食する獣みたいな荒々しさがある。

執拗な彼の愛撫に、瑞穂の腰が無意識にビクビクと跳ねた。

「……っ、ぁ……んっ――っ」

身悶える瑞穂の動きに煽られたのか、慶斗がさらに激しく瑞穂の胸を貪る。

そうしながら手は、ドレスのスカートの裾をたくし上げていった。

「やっ、けい、とさん……」

――彼は本当にここでする気なのだろうか……

焦った瑞穂が、再び抵抗を試みるが、慶斗は聞き入れてくれない。

それどころか、彼はソファーの背もたれに接している瑞穂の膝の裏に手を入れると、膝を立てさせて自分の体で押さえつける。

脚を固定された上、中途半端に脱げたドレスが引っかかって思うように動けない。しかも、体格のいい慶斗にのしかかられては、瑞穂には抵抗のしようがなかった。

拘束とまではいかないが、やんわりと体の自由を奪われた状態で、慶斗がストッキングの上から瑞穂の内ももを撫でる。

滑らかに動く指の感触が通りすぎると、瑞穂の肌に淫らな刺激が残された。

「ヤッ」

「嫌じゃないよ」

そう囁く慶斗の指が、布越しに瑞穂の陰部に触れる。

瑞穂の反応を確かめるように、慶斗の指が割れ目に沿ってゆっくり上下に動いた。薄い生地の上から撫でられるのは、直に触れられる時とは違った淫靡な感覚を瑞穂に与える。

敏感な部分を何度も撫でられ、体の昂りを抑えられなくなっていく。

「や……………あ、ぁっ…………ぁぁあぁっ」

体を震わせ、脚を閉じようともがくが、間に慶斗の体があるので叶わない。

そんな中、不意に慶斗がゆっくりだった指の動きを速くした。

「きゃぁっ！　……ぁぁあぁっ」

布越しに肉芽を攻められ、瑞穂が悲鳴に近い声を上げる。

ただ慶斗に与えられる快感を享受するだけの瑞穂は、慶斗の指の動きに反応して小刻みに体を跳ねさせるしかできない。

いつの間にか、慶斗の手が瑞穂の下着の中に忍び込んでくる。

「瑞穂、もう濡れてる」

「……っ」

顔を背けて恥じらう瑞穂に、慶斗がそれでいいのだと優しく口づけた。そのまま、指で陰唇を撫でる。

窮屈な下着の中で、慶斗の指は的確に赤く熟した瑞穂の肉芽を捕らえ、そこを小刻みに刺激してきた。

「キャッ……あっ……………ああぁっ！」

感じるところを執拗に弄られ、下着が湿り気を帯びる。

慶斗の指に、蜜を滴らせる淫唇を押し広げられると、奥からトロリと蜜が溢れ出したのがわかった。

慶斗は、蜜を指に絡ませるようにしながら、それを瑞穂の中へと沈めてくる。

蜜の絡んだ指は、なんの抵抗もなくヌルリと奥まで沈んできた。

「ああっ！」

指の存在感に、瑞穂の背中が跳ねる。

込み上げてくる絶頂の予感に、瑞穂は自由にならない体を必死によじらせた。

そんな瑞穂をさらに高めるように、慶斗は彼女の内側を淫らに刺激していく。

「あぁっ……あああ——っ！」

瑞穂が、恥じらいを捨てた嬌声を響かせる。

一際大きく背を弓なりに反らした瑞穂は、次の瞬間、脱力してソファーにグッタリと体を沈めた。

慶斗は、脱力して呼吸を乱す瑞穂を抱きしめ、頬や鎖骨にキスを落とす。

柔らかな愛撫を与えながら、慶斗は少しずつ体の位置を下げていく。そして、瑞穂の脚の間に顔を埋めた。

「やっ……」

硬く膨らんだ肉芽を飴を転がすように舌先で愛撫されると、収まったはずの熱が再び燻り出す。

「やっ、そこ、舐めちゃ駄目っ……」

今の瑞穂に、これ以上の刺激は耐えられない。

燻る熱をどうにかしたくて腰をくねらせながら、切ない声で懇願すると、慶斗がやっと顔を上げてくれた。

「もう無理そう？」

息を乱し、瑞穂が首の動きで答えると、慶斗が彼女の少し乱れた髪に口づけをしてその場を離れた。

安堵したのも束の間、戻ってきた慶斗が自分の服を脱ぎ始める。

「え、あの……」

　突然の行動に戸惑う瑞穂を、服を脱いだ慶斗が再び抱き寄せた。

「今度は、瑞穂が俺を気持ちよくして？」

「えっ！」

　慶斗は、まだ思うように力の入らない瑞穂の体を自分の上に引き上げ、今度は自分がソファーに身を横たえる。ちょうど瑞穂は彼の腰の上にまたがる形になった。中途半端に脱げたドレスが、二人の腰元を覆い隠す。

　ストッキング越しのももに彼の熱く膨張したものを感じて慌てる。

「む、無理です」

　瑞穂が首を横に振る。だけど、慶斗は瑞穂の腰へ手を伸ばし、下着とストッキングを脱がそうとする。

「君一人気持ちよくなって、俺はほったらかし？」

「いえ、でも、こんな場所で……」

　明かりのついたリビングで、最後まですることに躊躇いが湧く。

「服を脱がす時間も、シャワーを浴びる時間も待てないんだ。それくらい、俺は君に溺れている」

「……っ」

そう言われてしまうと、してあげたい気持ちになるから不思議だ。

瑞穂はごくりと唾を呑み込み、慶斗の裸の胸板にそっと自分の腕をついてバランスを取る。

いつの間にか、慶斗は自身に避妊具を装着していた。

彼が離れたのは、それを取りに行くためだったのだろう。

慶斗を満足させたくて、瑞穂がおずおずと腰を浮かせる。慶斗はストッキングと下着を下ろし、角度を調整した自身を瑞穂の中へと沈めてきた。

「……あぁっ」

さっき達したばかりで敏感になっている瑞穂の膣壁を、熱く膨張した慶斗のものが侵略してくる。

「瑞穂っ」

名前を呼ぶ慶斗が、瑞穂の腰を捕らえ自分の方へと強く引き寄せる。

「あぁっ…………アッ」

ツプツプと敏感な皮膚を擦る感触に、瑞穂が背中を反らせて喘いだ。

一度達した瑞穂の体は、狂おしいほど敏感に反応してしまう。

慶斗のものが沈んでくる刺激に、体の奥だけでなく、指先まで痺れていく。まるで全身を甘い毒に侵されていく気分だ。

無意識に逃れようと、瑞穂は膝を立てて、腰を浮かせようとする。

だが慶斗がしっかりと腰を掴(つか)んで引き下ろすので、結果的により強い摩擦が瑞穂を襲う。

「あぁぁっ…………はぁぁっ！」

さっきより激しく内膜を擦る感覚に、瑞穂は天を仰(あお)ぐように背中を反(そ)らせた。

「はぁ……くぅ………慶斗さんっ！　あっ」

瑞穂が苦しげに息を吐く。

そんな瑞穂を追い上げるように、慶斗がさらに激しく腰を動かす。そうすることで、瑞穂の腰にまとわりつくドレスがさらさらと肌を刺激した。

ドレスの下から、二人のものが擦れ合う淫(みだ)らな水音が聞こえてくる。

その音が、瑞穂を聴覚からも侵(おか)していった。

慶斗から与えられる全ての刺激が堪(たま)らなく気持ちよくて、姿勢を保つことさえ苦しくなる。

「あんっ………はぁっ……慶……とっ…………もうっ」

息も絶え絶(だ)えに訴える瑞穂に、慶斗が「限界っ？」と、苦しげに問うてくる。

「……うん」

朦朧(もうろう)としながら瑞穂が頷くと、慶斗は彼女の腰を抱え、そのまま体を反転させる。

「キャッ」

不意に姿勢を変えられ、瑞穂が小さな悲鳴を上げた。

反転させた拍子にドレスが揺れる。片方の脚がソファーから投げ出されると、瑞穂の股が自然と広がった。

蜜に湿った媚肉の広がる感触が、どうしようもなく恥ずかしい。

「あぁっ……っ」

瑞穂がぷるりと腰を小さく震わせ、自然と甘い声を漏らしてしまう。

「その声、もっと聞かせて」

掠れた声で囁く慶斗が、広がるドレスの裾をかき分け、荒々しく瑞穂の腰を引き寄せた。

内ももに触れる彼のものが、瑞穂の蜜に湿っている。その艶めかしい感触に、瑞穂の体が熱くなった。

「あぁ……ぁ」

荒々しく早急に沈んでくる慶斗の存在感に、瑞穂が熱い吐息を零す。

硬い亀頭に媚肉を擦られる感触に、甘い痺れが全身を突き抜けていく。

自分の中を支配していく彼のものの存在感に、無意識にいやらしく腰をくねらせてしまう。

そうすることで瑞穂の方からも、慶斗のものを誘う形になった。

瑞穂の中が、慶斗のもので埋め尽くされる。

その狂おしさに、四肢が引き攣り、体が痙攣してしまう。

「瑞穂っ」

切なげに名前を呼ぶ慶斗が腰を動かすと、胎内の奥深い場所が擦られて、快楽の波が瑞穂の体を包み込む。

「……………んっ……はぁっ……」

瑞穂が苦しげな声を漏らす。

すると慶斗は、さらなる喘ぎ声を求めるように、激しく腰を打ちつけてきた。

「……あぁ……あっ…………はぁっくっ…………っ」

瑞穂が切ない声を上げる。その唇を、慶斗が自身のそれで塞いだ。

熱く濡れた舌で瑞穂の口腔を貪りながら、激しく腰を打ちつける。

狂おしいほど感じてしまい、瑞穂は声を出すこともできない。

体全身が、彼の与えてくれる快感に支配されていくようだ。

焼けつくような慶斗の昂りで中を擦られる度に、クチクチュと卑猥な水音がリビングに響く。

慶斗は何度も腰を突き入れ、瑞穂の最奥に熱く淫らな刺激を与えた。

その刺激に頭の芯まで痺れていく。

「うっ……っ……はぁっ……っ」

切なく膣壁を収縮させる瑞穂が、喘ぎながら身悶える。

恥じらいを忘れ嬌声を上げる瑞穂を、慶斗の強い眼差しが貫いた。

その眼差しに羞恥を感じるのだけど、極限まで押し上げられていく快楽に、媚壁が激しく収縮するのを止められない。

そんな瑞穂を激しく攻め立てる慶斗が、瑞穂の子宮の収縮に反応するように「クッ」と、熱い息を吐いた。間近に感じる慶斗の息遣いが、徐々に短くより荒々しいものになっていく。

「うっ！」

「はぁぁぁっ」

一際激しく腰を打ちつけられた次の瞬間、慶斗のものが瑞穂の中で爆ぜるのを感じた。

その感触に、瑞穂の腰がブルリと震える。

忙しない呼吸を繰り返しながら、互いに見つめ合う。

「瑞穂、愛してる」

そう言って微笑んだ彼が、再び濃密な口づけをしてくる。そして、瑞穂の上に覆い被さり、強く抱きしめてきた。

「私もです。慶斗さん」

素直な気持ちを言葉にした瑞穂は、慶斗の首筋に腕を絡(から)めつつ、愛しい人の名前を呼んだ。

エピローグ　約束

「出張の準備、忘れ物はない？」

ソファーに座る慶斗が、部屋の隅に置かれたスーツケースに目をやる。

「はい。大丈夫です」

営業の頃から出張が多く、慣れている瑞穂が頷いた。答えながら慶斗の座るソファーのテーブルに、二人分の飲み物を置く。

「二泊三日で静岡の後は、すぐに北海道に行くんだっけ。人のことは言えないけど、君も相変わらず慌ただしいね」

「最後の仕上げですからね」

力強く答えた瑞穂は、テーブルの上の資料を手に取る。

梨香の退職以降、それなりに思うところがあったのか、平助は以前のやり手社長らしさを取り戻しつつある。まだ日和見なところもあるけれど、今は慶斗もいるから大丈夫だろう。

また、メール騒動で興味を持った人たちを、慶斗が上手く取り込んでくれるおかげで、レイクタウン出店のプロジェクトはとても順調に進んでいた。

慌ただしい業務に追われ、気が付けば季節は冬に変わり、オープン予定の春が近付いてきている。

そのため瑞穂は明日から静岡で、峯崎の紹介で迎え入れることになったビールバーのスタッフと共に、オープンに備えた研修を行うことになっている。その後は一人、提供する食材の最終確認のため北海道に向かう予定だ。

日程を確認する瑞穂の隣で、慶斗がおもむろにポケットからなにかを取り出す。

「これを、君に」

そう言いながら、瑞穂に小さな箱を差し出した。

「これは？」

手のひらに収まる小さな箱から、その中身を想像してしまう。

その期待に応えるよう、慶斗がソファーから下り床に片膝をついた。そして、瑞穂に向かって箱の蓋を開ける。そこには想像どおり、白銀の指輪が収まっていた。

「瑞穂に、受け取ってもらいたい」

床に膝をついた慶斗が、どこか弱気な表情で「駄目かな？」と、問いかけてくる。

——駄目なわけがない。でも……。

「どうしたんですか、急に？」

嬉しいけれど、突然すぎて戸惑ってしまうのだ。

「プロジェクトが終了すれば、俺はセンガホールディングスに戻るし、君は静岡に行ってしまう。そうなれば今みたいに、常に一緒にはいられなくなる。だからお守り代わりに、この指輪をつけていてほしい」

確かにプロジェクトが終われば、瑞穂は商品開発部に異動することが内定しているので、慶斗とは遠距離恋愛になる。

異動自体は応援してくれている慶斗だが、離れることには不安があるらしい。

——不思議だ……。

慶斗ほど完璧な男性が、自分と離れることに不安を感じるなんて。

だけどそれが、瑞穂の心にくすぐったい幸福感を与えてくれる。

「ありがとうございます」

素直にお礼を言う瑞穂に、慶斗がホッと安堵の息を漏らす。

「こちらこそ、受け取ってくれてありがとう」

彼は、箱の中から指輪を取り出し、瑞穂の前に手を差し出す。

お伽噺のラストみたいな仕草に照れつつ、瑞穂が左手を差し出すと、そっと薬指に指輪をはめてくれた。

左手の薬指に輝く指輪は、シンプルながら上品なデザインで、これなら常につけていられそうだ。できることなら仕事中もしていてほしいという、慶斗の願いを感じる。

「正式なのは、また別の機会に贈らせて」

指輪に視線を落とす瑞穂が、その言葉に顔を上げると、真剣な眼差しの慶斗と目が合った。

「正式なの……？」

「君には大事なことを教えてもらった。できることなら、一生かけてその恩に報いたいと思っている」

慶斗が、瑞穂の手の甲に口づける。

膝をついた慶斗が、手を伸ばして瑞穂の顎を持ち上げた。

「愛してる」

「私も……」

愛していますと、言うより早く、慶斗に唇を塞がれてしまった。

触れ合う慶斗の唇が優しい。

言葉をちゃんと伝えられなかったことを残念に思うが、彼には、言葉にしなくても自分の気持ちが伝わると知っている。

瑞穂はそっと目を伏せ、優しい彼の唇を幸せな気持ちで受け入れるのだった。

書き下ろし番外編

あれから三年

十月某日、銀行主催の異業種交流会の場で、慶斗はスタッフに手渡されたグラスを照明にかざしてしげしげと眺めた。

「どうかされましたか？」

高い位置から吊るされたシャンデリアの光に琥珀色の液体をかざしていると、ホスト役である銀行職員にそう声をかけられた。

キッチリとスーツを着こなす彼の表情が緊張で硬いのは、慶斗がグラスの中に異物を見付けたとでも思っているからかもしれない。

今日の交流会は、大企業のお歴々も多く出席するため、明治創業の格式高いホテルのイベントホールで開かれ、接遇にも細心の注意を払っているのだろう。

もしそうなら、無駄に心配させてしまった。

慶斗はそのことを謝罪する気持ちを込めて、人懐っこい微笑みを添えて返す。

「いや。美味しいから、香りや味だけでなく、色味もしっかり観察しておきたくて」

その言葉に、銀行員の彼の表情も和らぐ。

「千賀観さんは、ビールがお好きですか？　お好みとしてはコクのあるものと、軽やかな味わいのものとどちらが……」

さりげなく慶斗の好みを探る彼は、自分のデータベースに「センガホールディングスの副社長は、アルコールはビールを好む」と書き込んでいるのだろう。

もとより自分の周りには、こういったご機嫌伺いをしたがる人が多くいたが、昨年、センガホールディングスの副社長の任を拝命してからは、それが一段と増えてきた。

好きなビールメーカーを聞かれ、「リーフブルワリー」と返す。

「初めて耳にするメーカーですが、どこの国ですか？　日本でも置いている店があるのでしたら、ぜひご一緒に……」

彼はさも興味津々といった顔で話を深掘りしようとしてくる。

その時、ズボンの後ろポケットに入れていたスマホが震えるのを感じたので、人当たりのいい笑顔を添えて会話を切り上げるためにこう返しておく。

「センガホールディングスのグループ企業の一つです。ちなみに三年ほど前には、私も出向していました」

その一言で、彼の表情が固まり、笑顔を作っていた口角は中途半端な位置でヒクヒクと痙攣している。

最愛の恋人である瑞穂には悪いが、リーフブルワリーの知名度はその程度なのだ。

それでも最近は、丁寧な味わいと共に、そのマイナー具合も愛され、ネットを中心に販売数をかなり伸ばしている。

「よかったら、今度、飲んで感想を聞かせてください」

別に気を悪くしたわけではないと意思表示するために、そう声をかけて慶斗はその場を離れた。

談笑する人々の声で賑わう会場の隅に移動してスマホを確認すると、思ったとおり瑞穂からのメッセージが届いていた。

明日の土曜は、久しぶりのデートの約束をしているので、そのことに関してだろうか。

ホップとグラスに入ったビールの写った彼女のアイコンを目にしただけで、美味い酒を飲む以上の高揚感があるのは、それだけ彼女にやられている証拠だ。

出向の際に出会った愚直で生真面目な彼女と付き合うようになって三年になるが、未だ、出会った頃と変わらぬ愛おしさを感じている。

——そろそろ結婚したいんだけど……

商品開発部で頑張る彼女の勤務先は静岡県で、センガホールディングスの本社に勤務する自分とは遠距離恋愛が続いている。

さすがに慶斗が静岡に移り住むわけにはいかないし、生き生きと仕事を楽しむ彼女に、自分のために生活環境を変えてほしいとは言い出せない。

下手にこちらの思いを伝えると、瑞穂のことだから、あれこれ悩み迷走しそうなので、プロポーズをしそびれている。

悩んだ挙句、自分より仕事を選ばれ、別れを切り出されたら目も当てられない。

自分はもう、彼女なしでは生きていけないのだから。

胸に燻る思いを宥めるようにスーツの胸ポケットの辺りを軽く撫でてから、瑞穂からのメッセージを開いた。

明日のデートは、瑞穂からどうしても横浜に行きたいとのリクエストを受けている。

彼女がそういったリクエストをしてくるのは珍しいことなので、快諾して夜のレストランとホテルの予約はしておいた。だが、その他の予定は瑞穂に任せてほしいとのことだったので手付かずとなっていた。そのことに関してだろうと思いつつメッセージの内容を確認する慶斗の頬がヒクリと痙攣する。

メッセージを開くと、明日の待ち合わせの時刻と共に「現地（新幹線改札口）集合」「動きやすい服で」「スニーカー・帽子の着用を推奨」「荷物は軽量にして、リュックの方がいいかもしれません」といった言葉が続く。

デートというより、遠足の注意事項を受けている気分になる。

――どこに連れて行かれるんだ？

そんな思いをそのまま言葉にしてメッセージを送ると、すぐに「横浜のいいところと悪いところ、両方を見に行きましょう」と、速攻で返ってきた。

「……」

不安しかない……

いつも凛々しく迷走している彼女のことだ、どんなデートコースを提案してくることやら。

画面を見つめしばし固まる慶斗だが、まあいいかと、すぐに気持ちを切り替える。

彼女が楽しみにしているのなら、それでいい。

とことん瑞穂に惚れている身としては、彼女が自分との時間を過ごすためにあれこれ思考を巡らせてくれただけで嬉しいのだから。

慶斗とデートの日、新幹線を降りた瑞穂は、プラットホームから空を見上げて眩しそうに目を細めた。

秋晴れの空は爽快な青さで、そこに平筆で気まぐれに線を引いたような白い雲が浮かんでいる。

それを格別に美しいものに感じるのは、静岡に転勤したのを機に伊達眼鏡を辞めて、自分と他者とを隔てるものがなくなったからだけでなく、この空の下、慶斗とデートできることが素直に嬉しいからだ。

しかも今日のデートは、瑞穂にとっては人生をかけたプレゼンの場でもあるのだから。

「頑張ろう」

肩から下げている鞄の肩紐を直し、瑞穂は改札口へと向かう。

そのまま軽快な足取りで改札口を抜けると、すぐに慶斗を見つけることができた。

「瑞穂っ」

こちらの存在に気付いて合図を送ってくれる彼は、昨日の瑞穂のアドバイスを受け、黒のジーンズにグレーのパーカーといったラフな格好にスニーカーを履いている。

昨日のメッセージのやり取りで、夕食は洒落たレストランで取る予定なので、その前にホテルで着替える予定だ。

「お待たせしました」

そう言って駆け寄ると、慶斗は当然のように瑞穂が肩から下げている鞄を引き取る。

今日は横浜の街を歩き回るつもりなので、宿泊に必要な荷物は、先にホテルに送っておいた。

だから手荷物は、必要最低限なものを詰めた小ぶりな鞄一つだけで、彼に持ってもらわなくとも大丈夫だ。

瑞穂がそう言っても、慶斗は聞こえないふりをして歩き出す。

「どこまで歩く？」

とりあえずといった感じで歩き出す慶斗が、瑞穂を振り返って聞く。

その言葉に瑞穂は、スマホの地図アプリを開いて追いかける。

「まずは街っぽい場所を通って、山っぽい方に抜けて、海方面を目指します。その前に中華街とか寄りたかったら、それもコースに入れるから言ってください」

「タクシー拾うか？」

瑞穂の説明に、頭の中で地図を確認したのか、視線を高い場所に向けて少し考えてから慶斗が提案する。

瑞穂は、その提案に首を横に振った。

「今日は、なるべく歩きたいんですけど、迷惑ですか？」

慶斗はもとより忙しい人だが、最近は特に多忙を極めている。

それでもどうにかスケジュールをやりくりして、瑞穂と会う時間を作ってくれているのだから、そんな彼にこれ以上無理をさせたくはない。

「慶斗さんが疲れているなら……」

自分なりにあれこれ考えて決めたデートプランだが、彼に無駄な負担をかけるのであれば意味がない。

慶斗は、気遣わしげな顔をする瑞穂の手を取って微笑む。

「瑞穂とやっと会えたのに、疲れを感じるわけがないだろ。こういう時間を過ごすために、普段の仕事を頑張っているんだから」

臆面もなく甘い言葉を囁く慶斗に、耳や頬が熱くなる。

付き合った当初から、感情を言葉にするのが苦手な瑞穂の分も大事な感情を言葉にしてくれると約束してくれた彼は、付き合うようになって二年以上経った今も、それを忠実に守ってくれている。

そんな彼の優しさに感謝する意味を込めて、瑞穂は繋いでいる手を強く握り返す。

「仕事はどう？」

二人で手を繋いで歩いていると、長い坂道に差し掛かったタイミングで慶斗にそう問いかけられた。

山の形そのままといった急勾配の坂を見上げ、若干口角を下げていた瑞穂は、その一言で表情を明るいものにする。

「後輩もできて、楽しく働かせてもらっています。今の部署に異動して三年目を迎えたことで、責任ある仕事を任されることも増えてきました」

そう返して、そのまま六月から配属された後輩の人となりについて、そしてその流れで新商品の企画などを話して聞かせた。

時代の流れもあり、リモートワークも増えたことを話すと、慶斗は自分たちの仕事も同じだと言う。

慶斗は楽しげに相槌(あいづち)を打って、彼からも質問をすることで瑞穂との会話を広げてくれる。慶斗も、自分の仕事で知った面白い話などを聞かせてくれた。

そうやって、会えなかった間の情報を共有しつつ、山の地形そのままに開拓されたような住宅街を抜けていく。

それは幸せな時間なのだけど、瑞穂としては若干のもどかしさと罪悪感を抱いてしまう。

責任ある仕事を任されている慶斗が、自分のために東京を離れることはできない。だから一緒にいたいと思うのであれば、歩み寄るのは自分の方だ。

それがわかっているのに、今の仕事に愛着があってその一歩が踏み出せない。

――自分がこんなにワガママだったなんて知らなかった。

ずっと自分のことを、感情表現が苦手であると同時に、執着心が薄い人間だと思っていた。

それなのに慶斗と出会って彼の存在に影響され、素直に感情表現することを覚えた結果、自分は随分欲張りな性格になってしまったようだ。

「ごめんなさい。……でもいろいろ変わってきたから」

工務店の陰に隠れるように店を構えるスーパーに、興味津々といった感じで視線を向ける慶斗に、瑞穂は密(ひそ)やかな声で謝罪する。

――まいったな……

瑞穂とたわいないお喋(しゃべ)りをしながら、海岸沿いの公園まで歩いた慶斗は、彼女に気づかれないようそっとため息を吐いた。

横浜に行きたいと提案された時は、中華街や水族館でも巡るのかと思っていたが、公園までの道すがら目にしたのは、華やかさには欠ける、地域の人の暮らし向きが窺(うかが)える場所ばかりだ。

途中、個人経営のカフェに立ち寄って休憩もしたが、その店も観光客相手に営んでいるタイプのそれではなく、地域に根付いた感じだった。

そのせいもあって、観光地を歩いているという感じがまったくしない。

もとより体を動かすのは好きなので、それなりの距離を歩いても疲れはないし、瑞穂と一緒なだけで幸せだ。だからこのデートコースに不満はない。ただ彼女の意図がわからず不安が募る。

一緒に歩きつつ言葉を交わす彼女が、ポツリと「ごめんなさい」「でもいろいろ変わってきたから」と呟いた声を聞き逃さなかった。

聞こえているのに聞こえないふりをしたのは、その言葉の真意を確かめれば、別れ話に繋がるかもしれないと思ったからだ。

生き生きとした様子で仕事を楽しむ瑞穂からすれば、この長距離恋愛を負担に感じているのかもしれない。

そう考えれば、観光地でもない場所をひたすら歩いてきたことにも納得がいく。

観光地のような人混みを避けて歩き、自分の仕事が充実していることを話し、別れ話を切り出すタイミングを探しているのでは……

その考えに思い至ると、胃の底からコールタールのような黒くねっとりとした感情が湧き上がってくる。

今まで、センガホールディングスの役目を捨ててまで自分が東京を離れるわけにはいかないと思い込んでいたが、彼女を失うくらいならその他の全てを捨てても構わない。

情けないほど無様(ぶざま)でいいから、全てを捨てる覚悟で、彼女が別れ話を切り出す前にプロポーズをしよう。

そう覚悟を決めて、急(せ)き立てられるような思いで前を歩く瑞穂の肘(ひじ)を掴(つか)んだ。

「瑞穂っ」

不意に腕を引かれた瑞穂が、驚きの表情で足を止め自分を振り返る。

そして緊張して固唾を呑む慶斗を見上げて聞く。

「ここまで歩いて、どう思いました？」

「……」

想定外の言葉が返ってきた。

そう思いつつ、とりあえず「坂が多いな。あと、狭い道が多い」と、正直な感想を返す。

大掛かりな区画整理をすることなく山の地形に沿うように栄えた住宅地も、細い道が多いのも、古くから人に愛された土地だという証拠だ。

「それに地域密着型の店が多いな」

瑞穂と歩いてきた道を思い出し、慶斗がそう付け足すと、瑞穂が嬉しそうに目を細めて問いを重ねる。

「住んでみたいとは思いませんか？」

別れ話を警戒していたのに、話がなんだか妙な方向に流れている。

彼女の話が若干迷走気味なのは、今に始まったことではないが、切迫した思いであれこれ考え込んでいただけに話の流れに思考が追いつかない。

呆然とした面持ちで言葉を失う慶斗を見上げて、瑞穂は固唾を呑み覚悟を決めた表情で口を開く。

「私と、この街で暮らすという可能性について、検討してもらえませんか？」

「はい？」

「最近リモートワークも増えてきました。新幹線を使えば、ここからなら静岡まで通勤することもできると思うんです。どうしてもという時は、向こうに留(とど)まることもあるかもしれませんけど。だから慶斗さんも、ここから東京に通うというのはどうでしょうか？」

「……それって」

数秒遅れて、彼女に同棲を提案されているのだと気付いた。

「慶斗さんの立場を考えれば、一緒にいる時間を増やしたいのなら、私が東京に戻るべきなのはわかっています。だけど今の仕事が大好きで……」

瑞穂は申し訳なさそうな顔をするけれど、慶斗としては、一緒にいる時間を増やしたいと言ってもらえただけで幸せなのだ。

てっきり別れ話を切り出されるのではないかと警戒していた慶斗は、緊張が解けた脱力感からその場にへなへなとしゃがみ込んでしまった。

「慶斗さんっ！」

突然しゃがみ込む慶斗に、瑞穂が焦った声を上げる。そして「やっぱりいいです。忘れてください」と、せっかくの発言をなかったことにしようとするので、慶斗は慌ててポケットから小さな箱を取り出した。

　ここしばらく、昨日のパーティーの際にも胸ポケットに入れて肌身離さず持ち歩いていた小さな箱に、自分の思いの全てが詰まっている。

　慶斗はその箱の蓋を開け、瑞穂を見上げて言う。

「瑞穂、俺と結婚してくれないか」

　流れに任せてそのままプロポーズの言葉を口にするけれど、頭の冷静な部分でもう一人の自分が「ああ、これは違う」とため息を吐く声が聞こえる。

　本当は今夜、夜景の見えるレストランかホテルの部屋でプロポーズする予定でいたのに、なんとも締まらない。

　でもそれが心地良くもある。

　自分は彼女の虜で、彼女に振り回されることが嬉しくて仕方ないのだから。

　驚きで目を丸くして口元を手で覆っていた瑞穂が「はい」と頷いてくれた。

　立ち上がった慶斗は、指輪を取り出した箱をポケットにしまうと、瑞穂の左手を取り、その薬指に指輪をはめる。

「幸せにするから、この先何十年と俺を振り回してくれ」

「振り回したりしませんよ」

　唇を尖らせて反論する瑞穂だが、自分の左手薬指に収まる指輪に視線を向けると、その表情を綻ばせる。

その表情に引き寄せられるように慶斗は瑞穂を抱きしめ、人目も憚ることなく唇を重ねた。

ワーカーホリックな御曹司・昂也。彼の補佐役として働く比奈も超多忙で仕事のしすぎだと彼氏にフラれてしまう。このままでは婚期を逃がす…！焦った比奈は、昂也を結婚させ家庭第一の男性にしようと動き出す。上司が仕事をセーブすれば部下の自分もプライベートが確保できると考えたのだ。比奈は、さっそく超美人令嬢とのお見合いをセッティングするが、彼がロックオンしたのは、なぜか比奈!?　甘く迫ってくる昂也に比奈は……

お願い、結婚してください
Carawey
冬野まゆ
ハイスペ御曹司は
狙ったエモノを
逃がさない

B6判　定価：704円（10%税込）　ISBN 978-4-434-30444-6

エタニティ文庫 ～大人のための恋愛小説～

Hina & Kouya

肉食御曹司の怒涛の求愛!?

お願い、結婚してください

冬野まゆ

装丁イラスト／カトーナオ

部長補佐の比奈は、頼れる上司・昂也の結婚を心から願っている。なぜなら、彼は熱烈なファンを持つイケメン御曹司ながら、極度のワーカホリックだからだ。このままでは自分までいき遅れてしまう、と彼の見合いを計画したら……なぜか比奈自身が彼にロックオンされた!?

定価：704円（10%税込）

Ayaha & Minato

腹黒王子の濃密指導！

辞令は恋のはじまり

冬野まゆ

装丁イラスト／ neco

平凡ＯＬの彩羽がある日突然、部長に任命された。しかも部下は、次期社長と目される湊斗!?
　どうやらこの人事には、厄介な事情が隠れているらしい。負けん気を刺激された彩羽は、彼を支えようと決意するが……王子様は、想像より腹黒で色気過多!?　彩羽は甘く乱されて……

定価：704円（10%税込）

※エタニティブックスは大人の女性のための恋愛小説レーベルです。ロゴマークの色で性描写の有無を判断することができます（赤・一定以上の性描写あり、ロゼ・性描写あり、白・性描写なし）。

詳しくは公式サイトにてご確認下さい

https://eternity.alphapolis.co.jp

携帯サイトはこちらから！

恋愛小説「エタニティブックス」の人気作を漫画化！
史上最高のラブ・リベンジ
EC Eternity COMICS
漫画 フブキ楓 原作 冬野まゆ
その二人に
はっ…あっ…ああ 私も…
ダメ…っ…んん…
ダメじゃないよ
結婚を約束した彼との幸せな未来を夢見る絵梨。ところが、ようやく迎えた婚約披露の日、彼の隣で笑っていたのは何故か自分の後輩だった！　絵梨はどん底まで突き落とされたが、思いがけない転機が訪れる。なんと、偶然知り合った謎のイケメン、雅翔から、元カレたちへの“復讐”を提案されたのだ。戸惑う絵梨だったが、気付けば雅翔のペース。彼のおかげで本来の美しさを引き出された絵梨は周囲からも注目を集めるように。しかも雅翔は、会うたび恋人のように甘くて…
B6判　定価：704円（10%税込）　ISBN 978-4-434-28985-9
復讐劇の結末は 極上イケメン 現る!? 特濃ラブ

本書は、2019年2月当社より単行本として刊行されたものに、書き下ろしを加えて文庫化したものです。


この作品に対する皆様のご意見・ご感想をお待ちしております。

おハガキ・お手紙は以下の宛先にお送りください。

【宛先】

〒150-6008 東京都渋谷区恵比寿4-20-3 恵比寿ｶﾞｰﾃﾞﾝﾌﾟﾚｲｽﾀﾜｰ8F
（株）アルファポリス　書籍感想係

メールフォームでのご意見・ご感想は右のＱＲコードから、
あるいは以下のワードで検索をかけてください。

エタニティ文庫

オレ様御曹司の溺愛宣言

冬野まゆ

2022年10月15日初版発行

文庫編集－熊澤菜々子
編集長 －倉持真理
発行者 －梶本雄介
発行所 －株式会社アルファポリス
〒150-6008 東京都渋谷区恵比寿4-20-3 恵比寿ｶﾞｰﾃﾞﾝﾌﾟﾚｲｽﾀﾜｰ8F
TEL 03-6277-1601（営業） 03-6277-1602（編集）
URL https://www.alphapolis.co.jp/
発売元－株式会社星雲社（共同出版社・流通責任出版社）
〒112-0005 東京都文京区水道1-3-30
TEL 03-3868-3275
装丁イラスト－藤谷一帆
装丁デザイン－ansyyqdesign
印刷－株式会社暁印刷

価格はカバーに表示されてあります。

落丁乱丁の場合はアルファポリスまでご連絡ください。

送料は小社負担でお取り替えします。


ISBN978-4-434-30980-9 C0193